# 爸爸故事时间

金童话 编

化学工业出版社
·北京·

图书在版编目（CIP）数据

爸爸故事时间：冬/金童话编. —北京：化学工业出版社，2017.5
ISBN 978-7-122-29336-7

Ⅰ. 爸… Ⅱ. ①金… Ⅲ. ①童话-作品集-中国-当代 Ⅳ. I287.7

中国版本图书馆CIP数据核字（2017）第060908号

---

责任编辑：张素芳

责任校对：边　涛　　　　装帧设计：刘丽华

---

出版发行：化学工业出版社（北京市东城区青年湖南街13号　邮政编码　100011）
印　　装：北京瑞禾彩色印刷有限公司
889mm×1194mm　1/24　印张8½　字数100千字
2017年10月北京第1版第1次印刷

---

购书咨询：010-64518888（传真：010-64519686）售后服务：010-64518899
网　　址：http://www.cip.com.cn

凡购买本书，如有缺损质量问题，本社销售中心负责调换。

---

定　　价：32.00元　　　　　　版权所有　违者必究

# 会讲故事的爸爸才是好爸爸

　　一个好故事胜过千言万语的说教，那些会讲故事的父母，孩子往往更优秀。一个好故事，不仅仅是一段文字，它可能是一次奇妙的探险，也可能是一次对心灵的净化，更可能是一次爱的洗礼，它将带给孩子一段美好温馨的时光，也会让孩子感受不一样的亲子感情……爱听故事是孩子的天性，给孩子讲故事也是家长的本职工作。如今，孩子的天性没有变化，但越来越多的家长们却把自己的本职工作交给了电视或电脑代劳。这不仅让孩子失去了在故事中成长的机会，也失去了与父母共享阅读时光的那份亲情。

　　日本绘本之父"松直居"曾经说过：我把对孩子一生要说的话都融到了书中！的确，一本好书、一个好故事，可以把我们想对孩子说的话都转变成一个一个孩子爱听的故事；我们希望孩子明白的道理、希望孩子能听懂的话，都在故事里；我们希望孩子成为的那个人，也终将按照我们期望的那样，一点一点变成真实！

　　给孩子讲故事其实并不难，你只需要放下手机、放下工作，每天拿出10分钟与孩子安静地待在一起，全然地去享受这个过程。不久，你就一定会成为一个讲故事的高手，孩子一定会爱上你！而你，也将发现：你不知不觉中已经成为了一个让人羡慕的好爸爸！

编　者

# 目录 Mu lu

记性不好的熊奶奶 …………… 1

月光洒在花床上 …………… 5

瓦罐里的小东西 …………… 8

魔法只有一次 …………………… 11

一只小花杯 …………………………… 14

魔法项链 ……………………………… 17

小花匠 ………………………………… 19

玩倒立的黑猩猩 ………………… 21

银铃铛 ………………………………… 24

月亮人 ………………………………… 27

你看见我的宝贝了吗 …………… 31

诺比和布偶姑娘 ………………… 33

大力士熊来了 …………………… 37

小老鼠的家 ……………………… 39

蜘蛛的网 ………………………… 42

找故事的童话书 ………………… 44

鼹鼠的花田 ……………………… 48

半个蛋壳 ………………………… 50

丢丢林 …………………………… 52

牧羊小子和云 …………………… 56

| | |
|---|---|
| 漂亮的萝卜饼 …………………… 60 | |
| 捉迷藏 …………………………… 62 | |
| 叮当狗要搬家了 ………………… 65 | |
| 稻草人的心愿 🔊 ………………… 68 | |
| 小渡船 🔊 ………………………… 70 | 咕嘟岛上的水果熟了 …………… 94 |
| 只要一点点魔力 ………………… 72 | 神奇的旅行 ……………………… 97 |
| 小浣熊的钢琴 …………………… 75 | 小鼹鼠的布娃娃 🔊 …………… 101 |
| 冬天里的春天 🔊 ………………… 77 | 新年快乐 🔊 …………………… 103 |
| 圣诞节的小松树 🔊 ……………… 81 | 我也要刷牙 …………………… 105 |
| 神奇的面包 🔊 …………………… 84 | 哭泣的幸运草 🔊 ……………… 107 |
| 小老鼠的新衣服 ………………… 87 | 石团团的晚霞世界 …………… 110 |
| 爸爸的绒布兔子 ………………… 90 | 奇妙的坐骑 …………………… 113 |
| | 牛犊、狮子和老虎 …………… 116 |
| | 小老鼠的怪朋友 ……………… 120 |
| | 小松鼠的梦想 ………………… 122 |
| | 最漂亮的圣诞树 🔊 …………… 125 |

蛋宝宝 🔊 …………………… 128

好事一箩筐 🔊 ………………… 130

大口袋兔子………………… 132

老奶奶的小花伞 🔊 …………… 135

蝴蝶结你别跑……………… 138

温暖的冬天 🔊 ……………… 140

叮叮当当熊………………… 142

天上飘来一块布…………… 146

甜萝卜苦萝卜……………… 149

生病的安妮………………… 153

是谁带来了香味 🔊 ………… 157

会唱歌的小土块…………… 160

弹玻璃球的老奶奶 🔊 ……… 162

快乐小屋 🔊 ………………… 164

冬天里的小田鼠 🔊 ………… 166

毛毛虫火车………………… 168

海上王国 🔊 ………………… 171

妈祖………………………… 175

鞋匠和精灵 🔊 ……………… 178

国王和猎鹰………………… 182

寻找青春…………………… 184

老鼠偷油…………………… 187

青蛙王子 🔊 ………………… 188

许愿的王子………………… 193

# 记性不好的熊奶奶

随着年岁越来越大,熊奶奶的记性也越来越差了。

每天早晨做饭的时候,她会忘了小熊最爱的蜂蜜放在哪儿了。于是,奶奶会去抽屉(tì)里找,会去工具箱里找,甚至会去阳台上仙人掌的花盆里找。结果,奶奶的手上扎满了刺,又疼又难受。而蜂蜜呢,其实就放在桌子上,一眼就能看到。

上午,奶奶想去院子里晒太阳,可是摇椅好像不见了。于是,奶奶去厨房找,去卫生间找,甚至爬到阁(gé)楼上去找。结果,奶奶一不小心,差点从楼梯上摔下来。而摇椅呢,其实就放在院子里,等着奶奶去坐呢。

睡觉的时候,奶奶会忘了把围裙解下来。起床的时候,奶奶会忘了穿袜子和鞋子。总之,她的记性越来越差了。

但是令人想不到的是,奶奶竟然记得小熊的生日。那天清晨,奶奶对还在睡懒觉的小熊说:"我的乖孙子,今天是你的生日。你瞧,太阳多好啊!奶奶要去趟蛋糕店,买个蛋糕回来!"

**爸爸故事时间**

奶奶出门了。她走过一条窄窄的弄堂,穿过一座小桥。"咦?这是在哪儿呢?小桥边的超市怎么不见了?"奶奶往东走,往西走,不知不觉走到了一个树林里。

眼前的景象越来越陌生,奶奶知道自己迷路了,她好着急呀。可是越着急,越找不到回家的路。渐渐地,太阳越过了熊奶奶的头顶,又向西慢慢落下去。熊奶奶又累又饿,可她还一直**叨**(dāo)叨着:"小熊过生日,我要给他买蛋糕,蛋糕店在哪儿啊?"

"熊奶奶,你是小熊家的熊奶奶吗?"有只小狐狸跑过来,"奶黄色的帽子,白底黑点的裙子,咖啡色的鞋子,还有,奶奶的额头上有一颗**痣**(zhì),像朵小梅花一样的痣。真的是你啊,熊奶奶。"

"熊奶奶,你迷路了。我知道你的家在哪儿,让我送你回家吧!"小狐狸牵起熊奶奶的手,走出了小树林,来到一个小湖边。

一只青蛙叫起来:"呱呱呱,这不是小熊家的熊奶奶吗?奶黄色帽子,白底黑点的裙子,咖啡色的鞋子,还有,奶奶的额头上有一颗痣,像朵小梅花一样的痣。"

"熊奶奶,你迷路了。我知道你的家在哪儿,让我送你回家吧!"小青蛙和小狐狸一块陪着奶奶回家去。

小桥边,一只土**拨**(bō)鼠跳了出来:"我知道,你是小熊的奶奶。奶黄色的帽子,白底黑点的裙子,咖啡色的布鞋,还有,奶奶额头上有一颗痣,像朵小梅花一样的痣。"

"熊奶奶,你迷路了,我知道你的家在哪儿,让我送你回家吧!"土拨鼠、小青蛙和小狐狸一块陪着奶奶回家去。

"你们是我家小熊的朋友吗?是他让你们来找我的?"

"我们不认识小熊。但是,我们都捡到了一张小纸片,你看你看。"

爸爸故事时间

奶奶接过纸片,发现上面画着一只跟她一模一样的奶奶熊。旁边是他们的家——老槐树的树洞,小熊正坐在窗口流着眼泪。

"寻找我最最亲爱的奶奶!"纸片下面,是一行歪歪扭扭的字。

"啊,我亲爱的小熊,今天是他的生日,我要去买蛋糕。请你们先带我去蛋糕店吧!"小狐狸、小青蛙和土拨鼠非常愿意,他们送奶奶去了蛋糕店,然后又把她送回了家。

天渐渐黑了,小熊家透出来柔和的灯光——这是小熊过得最热闹的一个生日。你看,小狐狸在弹木吉他,小青蛙在打鼓。土拨鼠呢,正和小熊、熊奶奶跳快乐的踢踏(tī tà)舞呢。

许萍萍/文

爸爸悄悄话

熊奶奶把什么都忘记了,可是却还记得小熊的生日,而小熊为了找熊奶奶,竟然让所有的小动物都认识了他的奶奶。多么感人的一对祖孙啊!

# 月光洒在花床上

"今天的月亮真美!"一只小老鼠从洞里钻出来,他愉快地张开双臂,拥抱着微微的小风和温柔的月光。然后他决定去散步。

小老鼠走过小桥,来到了草地上。

"天哪,好大的一张床!"小老鼠看见了一张美丽的花床放在一个树洞旁,而且是一张很大很大的床,二十个老鼠的家都没它大。

小老鼠高兴坏了,他"哧(chī)溜"地爬了上去,在柔软的花床上翻起了跟头。"骨碌(lù)骨碌",小老鼠一连翻了十个跟头也没翻过床的一半。

"这是谁的床呢?"小老鼠想着想着就困了,他掀起被子钻进了被窝里。

"有月亮的晚上,我就不怕黑了;唱着歌,我就不怕黑了。啦啦啦……"一只兔子唱着歌来到了大树边。

### 爸爸故事时间

"谁的床这么大,这么漂亮?"兔子从来都没见过这么好看的床,她轻轻地跳了上去。

"小老鼠怎么在这儿睡觉呢?要是来了野猫怎么办?"兔子看见被窝里的小老鼠,有点担心地说,"要不,我也在这儿睡吧。我可不怕野猫。"兔子钻进了被窝。

后来,来了一只流浪的狗,他看见花床上睡得正香的小老鼠和兔子,急得团团转:"这可真糟糕,老鼠和兔子怎么能睡在这里呢?要是来了大灰狼怎么办?"流浪狗想了想,决定也在这儿睡下了。夜更静了,风轻柔地吹呀吹,树影在晃动,小草在跳舞。

突然草地上出现了两个高大的身影,他们正在向花床靠近。

噢!别担心,那是象妈妈和小象。

"妈妈您看,我的花床在哪儿呢。"小象高兴地对妈妈说。

"看我糊涂的,每次搬家,总要落下点东西,连宝宝的床都忘在草地上了。幸好还在。"象妈妈不好意思地甩了甩长鼻子。

不过,她们看见了花床上睡得正香甜的老鼠、兔子和流浪狗。

"嘘!别吵醒他们。象宝宝,你也一起睡吧,让妈妈来守着你们。"小象悄悄地钻进了被窝,她睡在了老鼠、兔子和流浪狗的另一头。

月光静静地洒下来,几只**萤**(yíng)火虫举着橘黄色的灯飞来飞去,花床显得更漂亮了。

象妈妈靠在大树上打起了呼**噜**(lū),不过别担心,一声轻微的虫叫声也能让象妈妈从睡梦中惊醒过来,更不要说大灰狼啦。

许萍萍/文

你有没有跟你的小伙伴一起睡过一张床呢?有没有在夏天的夜晚睡过露天觉呢?亲爱的伙伴们睡在一起,既安全又开心,那是一件多么美妙的事情啊!

# 瓦罐里的小东西

春天的时候,猫先生和猫太太带着猫宝宝去城里,乡下就只剩下孤零零的猫奶奶。

猫奶奶每天早上醒来,仍然会朝着猫宝宝的屋里喊:"小宝贝,起床了,奶奶要给你做面包鼠了。"但是,屋子里不会再响起猫宝宝窸(xī)窸窣(sū)窣穿衣服的声音和"哈呵——哈呵——"的打哈欠的声音了。

每天中午,猫奶奶仍然会在院子里喊:"小宝贝,快回家,香喷喷的油炸鼠要馋死人了。"但是,院子里不会再想起猫宝宝"哧溜哧溜"从树上滑下来的声音了。

每天晚上,猫奶奶仍然会坐在猫宝宝的小床边,轻轻地说:"小宝贝,快点睡,等老鼠出洞来,奶奶就去捉住他,明儿给你熬鼠汤。"但是,床上不会再想起猫宝宝蹬着小脚说"我不睡,我不睡,我要跟奶奶一块捉小老鼠"的声音了。

猫奶奶好想念她的猫宝宝啊,看得出来她很孤单,也很不快乐。

一天早上,猫奶奶刚起床,忽然听见有个很小的声音在叫:"猫奶奶,猫奶奶,我要吃你做的面包,不要放老鼠,放花生就好了!"

这是谁在说话呢?猫奶奶左看看,右看看,有点不相信地说:"啊——是不是我的耳朵聋了呀?"

但是到了中午,那个声音又响起来了:"猫奶奶,猫奶奶,我要吃你做的油炸红**肠**(cháng),不是油炸老鼠哟!"

猫奶奶更奇怪了,这到底是谁在说话呢?忽然,她的眼前晃过一个小黑影。猫奶奶使劲地揉了揉眼睛,可是那个小黑影又不见了:"啊——会不会是我的眼睛花了呢?"

到了晚上,猫奶奶听见一阵轻轻的唱歌声:"猫奶奶,猫奶奶,没有小猫也一样要快乐的猫奶奶!猫奶奶,猫奶奶,没有小猫也一样不会孤单的猫奶奶!因为有个住在你家瓦**罐**(guàn)里的小东西,会天天为你歌唱……"

这真是一个讨人喜欢的小东西哟,猫奶奶走向瓦罐,要看个清楚。

## 爸爸故事时间

"别，别过来，我听到您的脚步声就害怕。"瓦罐里的小东西发出一声尖叫。

"好好好，猫奶奶不过来，你就每天给我唱唱歌吧！"猫奶奶停住了脚步。

这个晚上，因为有了小东西的歌唱，猫奶奶觉得快活了许多。

第二天，猫奶奶做了香香的花生面包、脆脆的芝麻小饼干，投进瓦罐里。她知道，瓦罐里的小东西最喜欢吃香香的、脆脆的东西了。以后的每一天，她都要做好吃的投到瓦罐里。而且，她还告诉这个小东西：猫奶奶以后再也不捉老鼠了，你就从黑乎乎的瓦罐里爬出来吧。小东西就真的从瓦罐里爬了出来，猫奶奶亲切地叫他"鼠宝宝"，就好像在叫她的"猫宝宝"一样。

许萍萍/文

### 爸爸悄悄话

猫奶奶为什么会孤单难过呢？因为猫奶奶老了，需要陪伴。这时候，出现一只鼠宝宝也是不错的啊！

# 魔法只有一次

有一位老伯伯，天天在胡同口的香樟（zhāng）树下吹糖人。一天，树上飞来一只小麻雀，它站在树枝上，低下头，好奇地望着老伯伯吹糖人。时间久了，小麻雀有点累，不小心晃了晃身子。呀——不好了，小麻雀"扑通"一声掉进老公公盛糖稀的罐子里。排队来买糖人的小朋友正专心地看老伯伯做糖兔子，谁也没有发现一只小麻雀掉了下来。

小麻雀全身都粘满了黏（nián）糊糊的糖稀，不能拍翅膀，不能张口叫，也不能用脚蹬了，更可怕的是，它的眼睛也被封住了。小麻雀仿佛来到了一个硬邦邦的黑暗世界。

这时候，一个小女孩看见了糖稀罐里的小麻雀，把它捞了起来。老伯伯很奇怪："今天，我还没有吹过小麻雀呀，它是从哪来的呢？"后来老伯伯又说："我年纪大了，记性不好了，这只小麻雀说不定就是刚才吹的呢。"

## 爸爸故事时间

"这只糖麻雀像真的一样!"小女孩非常喜欢,就把它买了下来。

"多么可爱啊,我不想吃掉你。"小女孩回到家,把糖麻雀放在了窗台上。

暖**烘**(hōng)烘的太阳照下来——小女孩还很小,不知道太阳会把糖晒化。她走到客厅里,去帮奶奶绕毛线。

糖开始融化了,散发出好闻的香甜味道。一群小蚂蚁沿着墙根爬到窗台上,他们快活地舔着糖麻雀。一群苍蝇也飞来了,他们围着糖麻雀**嗡**(wēng)嗡乱叫。很快,硬邦邦的糖稀变软了,糖水滴答滴答地流下来。小麻雀僵硬的身子终于能活动了,它先睁开眼睛,骨碌骨碌转了转。然后它能张开嘴巴尖叫了,"唧唧啾啾,唧唧啾啾。"小蚂蚁吓得逃走了,苍蝇们也被赶跑了。

"好神奇啊,老伯伯吹的糖麻雀活了呢。"小女孩听到鸟叫,连忙跑过来。

她捧起翅膀上还粘满了糖稀的小麻雀,跑着去问小伙伴:"你的糖兔子变活了吗?"

"早就吃完了。"

"你的糖山羊变活了吗？"

"早就吃完了。"

"你的糖小猪变活了吗？"

"早就吃完了。"

……

"你们看哟，我的糖麻雀活了，做糖人的老伯伯可能是个魔法师呢！"小女孩兴奋极了。

小伙伴们都很后悔，他们说，早知道老伯伯是个魔法师，我们也不急着把糖人吃掉了。第二天，大家又去买糖人了，他们把买来的糖人放在窗台上，等着它们变活。但是，他们流着口水等呀等呀，等到所有的糖稀都化成了糖水，魔法也没出现。

"也许，魔法只有一次。"小女孩轻轻地说，她的手上还捧着那只小麻雀。

许萍萍/文

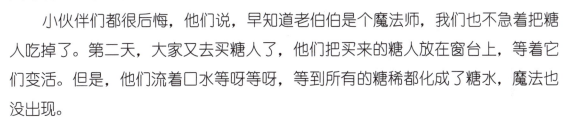

亲爱的小朋友，在你的身边有没有发生过你想也想不明白的事呢？也许这样的魔法也在你身上发生过呢！世界是奇妙的，有什么事情不能发生呢？

# 一只小花杯

小女孩要去远方旅行了,她把花裙子、袜子放进行李包,把绒毛狗熊放进行李包……哦,别忘了那只漱口用的小花杯。让它在行李包的侧袋里待着吧。一切都准备就绪,可以出发了。

小女孩像只小兔一样在原野上蹦蹦跳跳,突然"噗(pū)"地一声,小花杯掉了下来。

"这儿可真美呀,我早就该出来逛逛了。"小花杯眯着被太阳照得睁不开的眼,新奇地看着这个美丽的世界。以前一直就待在阴暗的洗手间里,和那些冷冰冰的玻璃台盆、镜子、马桶做邻居,以为世界就是这个样子,唉,原来外面的世界更精彩。小花杯"扑通扑通"地往前跳着,就像一只在闲逛的青蛙。

"好漂亮的小杯子,正好可以当我的漱(shù)口杯。"一只鼻尖上长着小雀斑的大狗抓起了杯子。

"不不,狗先生,我不能做你的漱口杯,我还没看够这个世界呢。"小花杯用力挣脱了大狗的爪子,骨碌碌滚远了。

"好可爱的小杯子,正好可以当我的漱口杯。"一只穿着蓬(péng)蓬裙的小猫跳了过来。小花杯很害怕,便一边逃,一边大声地说:"猫小姐,我不要当漱口杯,我不想待在洗手间里。"

一路上,小花杯就一直这样慌慌张张地逃着,躲开了狐狸、狗熊和兔子。晚上,星星亮了,小花杯靠着一块石头坐下来。"终于可以歇会儿了,估计大家都在睡觉了吧。"它轻轻地说。可是没过一会儿,小花杯就感到身体很不舒服,像是哪儿出了问题。可是它实在太累了,迷迷糊糊地就睡着了。

第二天,它醒来的时候,发现自己被一个老爷爷端在手上。"老爷爷,您也要把我放到洗手间里当您的漱口杯吗?"小花杯问道。老大爷回答说:"你已经做不成一只漱口杯了,你的身上出现了一个小洞,盛不住水了,孩子。"老爷爷惋(wǎn)惜地摸了摸小花杯上的一个小缺口。

**爸爸故事时间**

"怪不得我感觉不舒服,这么说,我成了一只没用的杯子了?"小花杯说完,就"嘤(yīng)嘤嘤"地哭了起来。

"谁说你没用了?你可以做我的小花盆啊。"老爷爷就这样把小花杯带了回家。

老爷爷在杯子里放满了彩色的水晶土,然后撒上花种。小花杯就这样成了老爷爷家阳台上的一个特殊的"小花盆",能够整天跟美丽的鲜花待在一起,闻闻花香,听听鸟语。不过,最开心的是,还能了解到周围发生的一些新奇事。

"我恐怕是世界上最幸运的杯子了。"小花杯经常这样想。

许萍萍/文

**爸爸悄悄话**

哈,真是一只可爱的杯子。你有漱口杯吗?一定记得经常给它晒晒太阳啊!

# 魔法项链

手工课上,山羊老师教小动物们折小小的纸星星,然后把纸星星串成一条星星项链,挂在脖子上对大家说:"好看吗?"

"好看!"大家一起说,心里却都在想:也许我还能做更好看的项链呢!

小刺猬来到山楂(zhā)树下,滚过来,滚过去,滚了一身红山楂。"这么鲜艳的红山楂串一条项链,戴在山羊老师的脖子上,该多好看呀!"小刺猬想。

小兔子拿了袋子来到田地里,收了好多好多豆子。"彩色的豆子串一条项链,戴在山羊老师的脖子上,该多好看呀!"小兔子想。

小老鼠拿着篮子来到花丛中,采了好多好多野花。小野花串一条项链,戴在山羊老师的脖子上,该多好看呀!

小松鼠把自己的榛(zhēn)子全都倒了出来,一个一个地穿起来,这油亮亮的项链挂在山羊老师的脖子上,该多好看呀!

笨笨熊捡了一堆细石子儿,一颗一颗涂上了颜色,这一串石子项链多别致呀!山羊老师一定很惊喜。

**爸爸故事时间**

小花鸭把小叶片儿串起来,绿绿的叶片项链,看起来也真不错哩……

第二天,山羊老师的讲台上,堆满了各式各样的项链:红枣项链、绿梅项链、玉米项链、弹珠项链……山羊老师的嘴巴张成了大大的"啊",可她还没叫出来,最晚的红狐狸到了教室门口。

红狐狸手里拿着一个树枝项圈,项圈上只挂了一只小小的口哨。大家轻轻地"呀"了一声,有一点点失望,这个项圈上多穿点小珠子啊、小果子啊……准会特漂亮的!红狐狸微笑着走到山羊老师身边,说:"戴我这个项链吧!"就把项圈往山羊老师脖子上一套,轻轻吹了一声口哨,"哇"大家惊叫起来——一只只蝴蝶落到了项圈上,项圈立刻成了一只彩蝶项链,每一对彩蝶的翅膀都在快乐地扇动。

红狐狸又轻轻吹了两声口哨,彩蝶飞走了,落来一只只蜜蜂,项圈成了一个蜜蜂项链。再吹三声口哨,蜜蜂飞走了,却落上了一只只瓢(piáo)虫,瓢虫项链一会儿又变成了萤火虫项链……

"啪啪啪!啪啪啪……"大伙儿使劲地鼓起掌来,原来这是一条魔法项链啊!

任小霞/文

**爸爸悄悄话**

小动物们分别都做了什么项链?你最喜欢谁做的项链呢?只要开动脑筋、用心去做,你也可以做出很漂亮的项链,快动手为妈妈做一条项链吧。

# 小花匠

在呼噜国,有一个贫穷的小花匠,她虽然有一园子的鲜花,可是生意很不好。为什么呢?因为这里的人都爱睡大觉,呼噜噜,呼噜噜。他们最关心的就是睡大觉了,没有心思和时间赏花。

小花匠每天吃最便宜的饭菜,穿最便宜的衣服。她很喜爱她的花儿们,整天在花间劳碌,浇水、施肥、翻土、捉虫……邻家小姐们经常嘲笑小花匠:"你穿的好破呀,整天就是那件灰袍子,难看死啦。"小花匠低头看看自己,可不是嘛!但是自己没有钱去买漂亮的衣服穿呀。她很少出门,每天总是尽心尽力地侍(shì)弄满园子的花儿。

邻家的姑娘们一个个都出嫁了,小花匠也到了结婚的年龄,可是谁会愿意娶一个没有一丁点儿嫁妆、破衫烂衣的姑娘呢?小花匠有点难过,她躺在花间的席子上,想着想着就睡着了。

这时候一位很帅的小伙子从远处走来,他要买一些花儿给生病的爷爷。牡丹花精灵看见远处走来的青年,"嗯,这个小伙子给小花匠做丈夫再合适不过了,我得帮帮这个勤劳的好姑娘。"

爸爸故事时间

它轻轻地落在小花匠的头发上，哇！小花匠的头发立刻变得顺滑飘逸（yì），还带着香味呢；牡丹花精灵又落在小花匠的灰袍子上，灰袍子瞬间变成缀满牡丹花儿的新裙子！

此时，年轻人已经来到了花园中，看到美丽的小花匠，惊诧不已。

"对不起，打扰您了，我想买一些康乃馨（xīn）送给爷爷。"年轻人对着刚刚醒来的小花匠说道。

"好的，好的。"小花匠挑了一束最新鲜、最美丽的粉色康乃馨递到年轻人手中。

"谢谢，您真是一位美丽善良的好姑娘。"

小花匠从来没有听到过这样的赞美，更何况是出自一位英俊潇洒的年轻人口中，她羞涩地笑了。年轻人回到家后，对小花匠久久难忘，特别是那一笑，深深地刻在了他的心里，他写了一封求爱信邮递到小花匠的手中。

结果呢？正如你所预料的那样，勤劳的小花匠嫁给了那位年轻人，他们幸福地生活在一起。

窦晶/文

爸爸悄悄话

谁帮助了贫穷的小花匠？小花匠虽然贫穷，但是她很勤劳善良。善良的人最终都会得到别人的尊重和帮助，不是吗？

# 玩倒立的黑猩猩

农场旁住着一只黑猩猩,黑猩猩阿麦先生喜欢玩倒立。当他粗粗的手臂撑在地上的时候,他的世界就倒过来了。

兔子在草丛里练**芭蕾**(bā lěi)。她仰着好看的下巴,踮着灵活的脚尖,伸开长长的手臂轻轻地一蹦一跳。

"喂,我说小兔子,你今天有点不正常。"阿麦先生倒立着,用手"蹭蹭蹭"地跳到兔子旁,用手把兔子的双脚给提了起来。

"这样跳舞才是对的,你看,头在'上',脚在'下',多好啊!"阿麦先生一边说,一边松开了拎兔子的手。

"哎哟",兔子尖叫起来,她的头重重地撞到了地面上,然后整个身子就摔了下来。

阿麦先生咧着嘴笑起来。小灰鼠在树洞口吸溜吸溜地喝米粥。米粥白白的,冒着热腾腾的香气。

"喂,我说小不点儿,你今天把碗放倒了,让我来给你纠正一下。"阿麦先生倒立着用手"蹭蹭蹭" 地跳到小灰鼠身旁,把他手里的碗倒扣下来,"这样喝粥才是对的,你看,碗口在'上',碗底在'下',多好啊!"

## 爸爸故事时间

阿麦先生话音还未落，米粥就"哗——"地洒落在草地上。"啪嗒"，掉下来的还有一个被小灰鼠藏在碗底的金黄色的荷包蛋。

阿麦先生俯下脸，张开大嘴把荷包蛋叼进了自己的嘴里。

小灰鼠"哇"地大哭起来："你赔我，你赔我的荷包蛋。哇哇哇，我一个月才能吃这么一个荷包蛋。"

阿麦先生向小灰鼠做了一个鬼脸："我两个月都吃不到一个荷包蛋。这次就让给我吧！"

一只花母鸡安静地蹲在草垛（duǒ）里孵（fū）小鸡，她的脸上露着温和的笑容，轻轻地唱着"咯咯哒，咯咯哒"。

"喂，我说你可真烦人，没见过像你这样孵小鸡的。"阿麦先生倒立着用手"蹭蹭蹭"地跳到草垛旁，把花母鸡翻了个身，然后把蛋一个一个放在母鸡的肚子上。

"这样孵蛋才是对的，你看，鸡妈妈在'上面'蹲着，蛋宝宝在'下面'躺着，多好呀！"阿麦先生看着一动不敢动的花母鸡，笑得两只脚在空中乱蹬。

花母鸡着急地尖叫起来:"咯咯哒,咯咯哒,咯咯哒,咯咯哒……"可怜的花母鸡,急得连话都讲不出来了。

黑猩猩阿麦先生得意地倒立着"蹭蹭蹭"往前"跳"。想着自己的恶作剧,他得意地大笑起来,竟然没有看见草丛里闪着银光的玻璃碎片。这碎片是农场主修理窗户时忘记清扫干净的。

"啊——"阿麦先生被尖利的碎片割破了手掌。他痛得摔倒在地上。

"啊——"阿麦先生被尖利的碎片扎到了屁股。

这下好了,他得看医生,得缠**绷**(bēng)带,得吃药。而且好长时间都不能玩倒立了。

许萍萍/文

**爸爸悄悄话**

阿麦先生是不是很调皮呢?他的恶作剧总是让大家都哭笑不得,不过亲爱的小朋友,恶作剧玩过了头会伤害别人哟!

# 银铃铛

有一个小女孩和奶奶快乐地生活着。可是冬天的时候,奶奶生病了,躺在小木床上非常难受。小女孩很难过,她想让奶奶快点好起来,就去找医生来给奶奶治病,可是医生也不知道怎么治好奶奶的病。

奶奶还躺在小床上,动也不能动,小女孩很伤心,她就来到教堂里对上帝许愿:"万能的上帝,请您让奶奶好起来,奶奶是世界上最爱我的人。"

小女孩对着上帝的雕像一直许愿了一千遍,累得睡着了。她梦到上帝亲吻了她的额头,还给了她一个银(yín)铃铛(dāng):"这是天堂里的钟,你摇响它,奶奶就会好起来。"

小女孩醒来的时候,没有看到上帝,不过她的手里真的拿着一只银铃铛。

小女孩带着铃铛跑回家,她想快点见到奶奶。小女孩把银铃铛系在奶奶的床边上,摇起了银铃铛的银丝线:"银铃铛啊,银铃铛啊,快让奶奶好起来。"

"叮——叮——叮——"银铃铛响了。

铃铛里吹出了温暖的风,围着小女孩,围着奶奶,和小女孩梦里上帝亲吻她的时候一样。奶奶的脸颊红了起来,红红的,暖暖的。

小女孩接着又摇起了银铃铛的银丝线:"银铃铛啊,银铃铛啊,请让奶奶好起来。"

"叮——叮——叮——"银铃铛又响了。

银铃铛飞在床上,发出金色的亮亮的光,小女孩握着银丝线摇啊摇,金色的光照着奶奶的脸蛋。

"银铃铛啊,银铃铛啊,快让奶奶好起来。"

奶奶像是听到了银铃铛和小女孩的声音,躺在床上点着头。

## 爸爸故事时间

奶奶快要好了，小女孩很开心，她接着摇起银铃铛。

"银铃铛啊，银铃铛啊，请让奶奶好起来。"

银铃铛摇啊摇，银铃铛的光里突然打开了一扇门，里面出来了一个金色的小天使和一个银色的小天使。

小天使对着小女孩笑，然后飞到奶奶的身上，银色的小天使摘下一根羽毛，金色的小天使也摘下一根羽毛，两根羽毛在一起变成了一颗小药丸。小天使把小药丸放到奶奶的嘴里。

奶奶终于醒了，睁开了眼睛。

"奶奶，奶奶好了！"小女孩扑到奶奶的怀里。

奶奶抱着小女孩看着小天使。小天使对着奶奶和小女孩微笑着，带着银铃铛飞走了。飞到下一个小女孩那里去……

胡元/文

是什么让奶奶的病好了呢？或许是上帝的帮忙，也或许是小姑娘对奶奶的爱吧！

# 月亮人

公元4250年的时候,伟大的科学家——白的夫用**智慧**(zhì huì)和科技围着地球给人们造了一个新的家"月亮城"。 人们离开了已经没有办法生活的地球,开始在月亮城里生活,成为了"月亮人"。月亮城是幸福的,人们穿漂亮的衣服,吃最好的食物,生病了很快就能治好,无数的机器人时时刻刻为人们服务,人们可以做任何自己喜欢的事。月亮城里,不会刮风,不会下雨,不会下雪,没有炎热的夏天,也没有寒冷的冬天。

一个小女孩陪着奶奶坐在月亮城的窗前,看着外面的夜空,无数的星星亮亮的,而地球就像一个蓝色的月亮。地球在月亮城的下面,月亮在月亮城的上面。奶奶告诉小女孩:"当我还是个小女孩的时候,就住在那个'蓝色的月亮'上,那里有美丽的花儿,有绿色的小草,星星一闪一闪地眨眼睛,月亮会一天天长大,还会一天天缩小。"

爸爸故事时间

现在奶奶已经老了,只能每天在月亮城里看着蓝色的地球。月亮城里的人可以让科学家给自己装上先进的机器,让自己活得很久很久,可是奶奶不愿意。奶奶只有一个心愿,就是再回到地球上去,看看小时候见过的东西。

小女孩问过很多人,问过老师,问过科学家,问过月亮城的市长,可以让奶奶再回地球上看看吗?但是所有的人都告诉她,地球已经被破坏了,没有办法回去了。

小女孩每天都想着让奶奶回去看看。一天,她来到月亮城的广场,伟大的科学家——白的夫的雕像就在广场中心,小女孩走到雕像下面,对雕像说:"白的夫爷爷,奶奶想回到地球上去看看,你可以帮帮我吗?"虽然小女孩知道白的夫爷爷在造完月亮城后就去世了,不过小女孩还是想问问爷爷。白的夫爷爷之所以会离开,一是因为爷爷造月亮城太累了,二是因为白的夫爷爷和奶奶一样,也不愿意给自己换上先进的机器。

小女孩对白的夫爷爷的雕像说了很多奶奶的事,然后坐到了雕像下面。

突然,一滴蓝色的水落在了女孩的手心,女孩吃惊地向上看,白的夫爷爷的雕像在流泪。女孩用双手接住了爷爷的眼泪,她不知道爷爷的雕像为什么会流泪。

小女孩捧着爷爷的眼泪回家了。奶奶正坐在窗前,女孩把爷爷雕像的眼泪给奶奶看。

"奶奶,为什么白的夫爷爷的雕像会流泪?"小女孩问奶奶。

"爷爷一定也是想回地球去看看。"奶奶也流泪了,小女孩看着流泪的奶奶,伸出小手也接住了奶奶的眼泪。当奶奶的眼泪也落到小女孩的手心时,小女孩手心里的眼泪居然动了起来,眼泪慢慢变成了一个蓝色小人。

蓝色的小人从女孩的手里跳到了窗前,说:"我带你们回地球去。"

蓝色的小人眼睛突然亮了起来,发出一束蓝色的光芒,蓝色的光就飘在空中,像是一条隧道。蓝色的小人走了进去,小女孩和奶奶牵着手也走了进去。

当蓝色的小人带着小女孩和奶奶又走过一道蓝色门的时候,奶奶哭了,奶奶终于回到了地球,前面有一个很旧很旧的小屋子,这就是奶奶的家。

**爸爸故事时间**

可是现在屋子外面什么也没有，地球被破坏了，没有花，没有草，没有小河，就像干涸（hé）的沙漠。

蓝色的小人突然亮了起来，围着屋子不停地转啊转。突然，它又变成了一滴泪水，泪水渗（shèn）进泥土里，泥土里长出了一棵棵小草，把房子围了起来；泥土里的水越来越多，屋子的窗前出现了一个小水洼，小水洼越来越大，水流过草地，竟然流成了一条小河，草地上又开出了美丽的花。屋子的周围越来越美，就像奶奶讲过的那样美。

奶奶来到屋外，坐在门前的草地上，好像又回到了孩提时代。她仰头看着天空笑了，笑得是那么幸福。夜晚来临了，小女孩和奶奶坐在窗前，天上的月亮和星星是那么美，后来，奶奶和小女孩就一直生活在这美丽的地球上，再也没有离开。而小女孩也会经常来到小河边沉思，那是她在思念变成了河流的蓝色小人。

胡元/文

**爸爸悄悄话**

哪里美都不比家乡美，但是如果家乡面目全非了呢？让我们一起保护小河，保护树林，保护我们的地球，保护我们的家。

# 你看见我的宝贝了吗

女孩小米粒有一个小盒子,那是一个会发出银色光芒的盒子。"这里面可都是我的宝贝呢!"小米粒经常轻轻地抱着小盒子,用她的下巴蹭一蹭盒子盖上柔软的锦**缎**(duàn)。

一天早上,小米粒像往常一样打开盒子盖,可是她发现盒子空了,她所有的宝贝都不见了。

小米粒着急了,她看到窗外飞过一只小鸟:"小鸟小鸟,你看见我的宝贝了吗?它跟你的眼睛一样亮亮的、圆圆的、黑黑的。奶奶说了,要用它们来做布小熊的眼睛。"小鸟摇摇头,扑**棱**(léng)着翅膀飞走了。

小米粒走出屋子,在草地上碰见一只小兔子:"兔子兔子,你看见我的宝贝了吗?它跟你身上的毛一样柔软,一样有咖啡的颜色。奶奶说了,要用它们来做布小熊的身子。"

兔子摇摇头,一蹦一跳地离开了。小米粒继续找寻着她的宝贝,她来到小溪边。那儿有一只在低低飞翔的小蜻蜓:"蜻蜓蜻蜓,你看见我的宝贝了吗?它跟你的翅膀一样轻轻柔柔的,一样薄薄的、透明的。奶奶说了,要用它们来做布小熊美丽的纱裙。"蜻蜓摇摇头,跟小溪继续玩着点水游戏。

**爸爸故事时间**

小米粒走过小木桥,来到树林里,她看见一颗红蘑菇:"蘑菇蘑菇,你看见我的宝贝了吗?它跟你的衣服一样鲜艳,一样有火红的颜色。奶奶说了,要用它来做布小熊的嘴巴。"蘑菇不说话,它静静地在**伫**(zhù)立在泥土上。小米粒很失望,她难过地回家了。

在房间的小窗台上,小米粒突然看见了一只可爱的布小熊。"啊!那是用我盒子里的宝贝做成的布小熊。"小米粒欢呼起来。你看,两颗亮晶晶的黑色珠子贴在了布小熊的脸上,那是它的眼睛;咖啡色的小绒布围成了小熊毛茸茸的身子;透明的一层白色纱网披在布小熊身上,那是它美丽的纱裙。一小块红棉布剪成了弯弯的小月亮,那是它的小嘴巴。

小米粒摸了摸可爱的小熊,哦,原来白棉花藏在布小熊的肚子里了。**绸**(chóu)缎打成的蝴蝶结缝在布小熊的纱裙上了,黑芝麻粘在布小熊的脸颊上,成了一颗颗俏皮的小雀斑。这是一只多么滑**稽**(jī),又多么可爱的布小熊呀!

小米粒现在明白了,原来自己的宝贝没有丢;她当然还知道,这只布小熊是她亲爱的奶奶为她做的!

许萍萍/文

**爸爸悄悄话**

小米粒的宝贝盒子空了,可是小米粒得到了一只可爱的布小熊。小米粒的盒子还会填满的,因为下次,可能得到……你来想想,会得到什么呢?

# 诺比和布偶姑娘

可爱的小木偶诺（nuò）比开始睡不着了，因为就在昨天，他看到对面商店的橱（chú）窗里住进了一个美丽的女孩，这个女孩是个美丽的布偶。诺比在自己住的橱窗里从没见过那么美的姑娘。

"也许我应该把我对她的爱告诉她。"小木偶诺比对朋友木偶托力说道。

"是的，你应该告诉她，然后让她再也不理你。你只是个小木偶，身上除了木头和绳子，其他什么都没有。你再看看那个美丽的姑娘，她的头发是多么美，她的眼睛是多么美，她的裙子是多么美！如果你对她示爱，就像一只蛤蟆（há ma）对一只天鹅示爱，你想天鹅会爱上蛤蟆吗？"托力对小木偶诺比说道。

诺比听了这些话伤心极了，他从橱窗里远远地望着美丽的姑娘，然后看看自己的样子，越看越伤心。

## 爸爸故事时间

　　小木偶诺比就这样每天都远远地看着自己的心上人。他又把自己的心事告诉了自己的另一个朋友：木偶姑娘**莎**（shā）秋莎。

　　"可爱的莎秋莎，我是那么地爱布偶姑娘，可是我配不上她……"诺比伤心地说。

　　莎秋莎说："你可不能这样想，如果你真的爱她，就要告诉她。"

　　"可我不能告诉她我爱她，我只是一个小木偶。"

　　"那你为她表演唱歌吧！也许这会让她高兴的。"莎秋莎说。

　　诺比听了，觉得莎秋莎说得对，小木偶最会做的事情就是表演。于是诺比**隔**（gé）着橱窗开始唱起歌来，歌声吸引了对面橱窗里的布偶姑娘，布偶姑娘喜欢动听的歌声。然后诺比开始了表演，一边唱歌一边跳舞。布偶姑娘很喜欢，因为诺比的表演太精彩了。

　　于是小木偶诺比开始每天晚上给布偶姑娘表演节目，布偶姑娘每次都会给诺比掌声，这让诺比觉得非常幸福。虽然他们住在两个橱窗里，但是布偶姑娘喜欢他的节目，这已经让小木偶心满意足了。

有一天晚上，当小木偶诺比给布偶姑娘表演的时候，一个小女孩趴在了橱窗前，她看到了小木偶的精彩表演。于是她鼓起掌来，对诺比说："你的表演真精彩，小木偶！"

"谢谢你的夸奖，这是我为我心爱的姑娘表演的节目。"诺比说道。

小女孩听了很高兴，就问他："小木偶，你心爱的姑娘是谁啊？"

诺比说："坐在对面商店的橱窗里的美丽的布偶姑娘，就是我心爱的姑娘，不过我不知道她喜不喜欢我。"

"这好办，我帮你去问问她。"于是小女孩来到对面的橱窗前。

"你喜欢为你表演的小木偶吗，布偶姑娘？"小女孩问道。

可是布偶姑娘害**羞**（xiū）地把头给低了下去。

"我想你是喜欢小木偶的，对吧？"小女孩接着对布偶姑娘说，这让布偶姑娘更害羞了。

于是小女孩又回到了小木偶诺比那儿："听着，小木偶，我想那个漂亮的布偶姑娘喜欢你。"

**爸爸故事时间**

小木偶很高兴，这对他来说是**最棒**（bàng）的消息。

"小木偶，你愿意跟我回家吗？你那么会表演节目。如果你跟我回家的话，我就把布偶姑娘也带回家。"小女孩对小木偶诺比说。

小木偶诺比听了小女孩的话很高兴，他愿意跟小女孩回家。然后小女孩又对布偶姑娘说："布偶姑娘，你是那么的漂亮，我很喜欢你，你愿意跟我回家吗？如果你跟我回家的话，我把小木偶也带回家。"布偶姑娘也愿意跟小女孩回家。

就这样，小女孩一直在橱窗前等到天亮，等商店的老板打开商店门后，小女孩就把小木偶和布偶姑娘都买了下来，带回家了。

小女孩、小木偶诺比和布偶姑娘开心地住在一起，他们每天一起唱歌、跳舞，表演节目。

胡元/文

**爸爸悄悄话**

真诚的心灵和美好的容貌一样，都可以吸引别人。小木偶在小姑娘的帮助下终于和喜爱的布偶姑娘待在了一起，还有什么事情比这个更让人开心呢？

# 大力士熊来了

"哐（kuāng）！哐！哐！"一阵很响的走路声把正在午睡的小老鼠们吵醒了。

"啊——准是大力士熊来了，他每次走路声音都特别响，好像一列火车开来一样。"鼠哥哥揉（róu）了揉眼睛说。

鼠妹妹把头探出了窗外："不是大力士熊，是穿着一双大皮靴的猩猩背着大包袱路过。"

"咚咚！咚咚咚！"很响的跑步声把正在睡午觉的小老鼠们又吵醒了。

"啊——准是大力士熊来了，他每次跑步声音都特别响，好像一个小鼓在演奏一样。"鼠妹妹打了个哈欠说。

鼠哥哥把头探出窗外："不是大力士熊，是一只穿着高跟鞋的鸵鸟驮着篓（lǒu）筐在赶路呢。"

"呼哧——呼哧——"很响的呼吸声传到了已经不想午睡的小老鼠们耳朵里。

**爸爸故事时间**

"啊——准是大力士熊来了,他的呼吸声就是这么响的,好像一阵大风吹来一样。"鼠哥哥和鼠妹妹一起说着,一起来到了窗口。

不是大力士熊,是猪奶奶背着一大袋面粉累坏了,在**喘**(chuǎn)气呢。

"让我们去帮帮她吧!"鼠哥哥和鼠妹妹跑过去,嘿哟嘿哟地去帮猪奶奶**扛**(káng)面粉。可他们是多么小啊,根本帮不了猪奶奶。

"哐!哐!哐!"

"咚咚!咚咚咚!"

"呼哧——呼哧——"

大力士熊这次真的来了,他一下子就把猩猩的包袱、鸵鸟的箩筐和猪奶奶的袋子,全都扛在了肩膀上。

许萍萍/文

**爸爸悄悄话**

大力士熊发出的声音似乎都是噪音,很不好听,但是他是个多么热心的熊啊。他帮助别人的时候,这些声音听起来还真美,是不是?

# 小老鼠的家

清晨，兔子提着小篮子去树林里采蘑菇的时候，碰到一只小小的老鼠。她穿着破了一个洞的粉红色裙子，断了带子的小布鞋挂在脚上，发出滑稽的"啪嗒（dā）啪嗒"声。看起来，她是一只脏兮（xī）兮的在流浪的小老鼠。

"亲爱的小老鼠，你没有家吗？"兔子问。

"有的，我有家。可是，可是我找不到家了。"小老鼠抬起头，眯着眼睛朝兔子傻傻地笑，"我经常把家给弄丢了。"

"你的家是什么样子的呀？或许我可以帮助你。"兔子放下小篮子，在一个树桩上坐了下来。

"嗯，嗯！让我想想吧。"小老鼠在兔子旁边坐下来。

"我记起来了。我的家在一棵老橡树的树洞里，树洞旁长满了野菊花，那是好香好香、好美好美的野菊花哟。"小老鼠欢喜地说。可是后来，她的声音又低了下去，"但是我不知道老橡树在哪里了。"

爸爸故事时间

"我知道那棵老橡树，它就在这个树林里啊。走吧小老鼠，让我带你去吧。"兔子领着小老鼠七**拐**（guǎi）八拐地来到了开满金黄色野菊花的老橡树前。

"对的对的！这就是我的家。你看，橡树上还系着一个红领带，那是我送给小鸟的。"小老鼠惊叫起来。

一只土拨鼠从树洞里钻出头来，他有点生气地说："这是我的家，去年秋天我就搬到这里来了。你们可别想打什么主意。"

"砰！"他使劲关上了小木门。

"那是我一年前的家了。"小老鼠不好意思地问兔子，"你知道弯弯的小木桥在哪里吗？那座小木桥上总是爬满青色的藤蔓，很舒服的。我的家就在小桥边的地洞里。"

兔子又把小老鼠带到了河边的小木桥上。

"没错，是这儿。我在家的旁边踩出过很多小脚印，现在还有一些呢。"小老鼠兴奋地叫起来，"啊，真好，终于找到家了。"

可是，一只**鼹**（yǎn）鼠气呼呼地从地洞里钻出来："没搞错吧？这个家我住了已经有半年了。"他扬起脚踢飞了一颗小土粒。

"那……那这儿也不是我的家了。"小老鼠的脸被太阳晒得红扑扑的。

"我还有最后一个家,是在小山坡上的一个小山洞里。每天晚上,山坡都会披上银色的月光,许多虫子在洞口飞来飞去,它们唱着美妙的歌谣,真的好美啊!"小老鼠忽然又低着头说,"可是我再也找不到那个小山坡了。就算你帮我找到了它,它也不会再属于我了。"

"不会的,不会的。"兔子拉起小老鼠的手,欢快地朝小山坡跑去。

"小老鼠,小山坡上的那棵柿子树,是你种的吧?还有,树旁的竹**篱笆**(lí ba)也是你围起来的吧?"兔子开心地说,"你猜,现在谁会住在那里?"

"不知道。"小老鼠忽然抬起头问,"兔子,你是怎么知道柿子树和竹篱笆的?"

"因为,现在住在那里的不是别人,就是我啊。"兔子嘻嘻地笑起来,"让我们住在一起吧。"

以后,小老鼠每天都跟兔子一起出门,她不会再把家给弄丢了。

许萍萍/文

爸爸悄悄话

小老鼠不认识路,总是把自己的家弄丢,有了小兔子,她再也不需要流浪啦!

# 蜘蛛的网

蜘蛛织了一张网，开始苦**恼**（nǎo）起来。一只普通的蜘蛛是不会苦恼的，因为蜘蛛织网是为了抓住猎物，然后美美地吃掉。而这只蜘蛛却不普通，他是森林里最独特的蜘蛛，因为他是织网的大师，他织的网是那么的美，在日光下金光闪闪，在月光下晶莹剔透，绝对像是一**幅**（fú）画，一幅真正的艺术品。

"我该怎么办？难道要用我的网来抓住猎物吗？那也太可惜了。"蜘蛛说道。

蜘蛛待在网上，很苦恼。这时候一只飞蛾飞了过来，就快要撞上蜘蛛的网、成为蜘蛛的猎物了。

"你快闪开，别撞上我的网。"蜘蛛大声地说道。要是飞蛾撞上它的网的话，就会把它织的美丽的网撞坏了。

飞蛾捡回一条命，匆匆飞走了。蜘蛛看着飞走的飞蛾，又难过，又开心，因为它织的美丽的网还在，可是它的肚子已经开始饿了。

蜘蛛接着待在自己的网里，小心地保护着自己的网，哪怕有一点点不满意的地方，它都会爬过去认真地修补。"这是一张最美的网。"蜘蛛这样想着。

第二天,又是一只飞蛾差一点飞到蜘蛛的网里,蜘蛛又大声地叫飞蛾飞走。

就这样,接连几天,蜘蛛拼命地保护它的网,不让猎物飞进它的网里。可是没有猎物,蜘蛛就会被饿死。

有一天,飞蛾又飞了过来,不过这次它没飞得太近,它看到蜘蛛已经在自己织的美丽的网里死掉了。

飞蛾说道:"真是脑袋奇怪的蜘蛛,如果网不用来捕捉猎物,那要用来干什么?难怪他会被饿死。"接着飞蛾飞走了。

没过几天,有一个动物学家来到了森林里,他看到蜘蛛死在了美丽的网里。

"真是无比美丽的网!一个小生命居然能织出这么精密、这么精致的网,真是太不可思议了。"于是动物学家把蜘蛛和它的网小心**翼**(yì)翼地放进自己的箱子里,带回了城市,放在展馆里。

每天都有科学家、动物学家、艺术家来参观**研**(yán)究这只蜘蛛和它织的网。

胡元/文

对于蜘蛛来说,织网是为了填饱肚子;可是对于这只特别的蜘蛛来说,它织的网是艺术品,它宁愿为了艺术而牺牲自己。

# 找故事的童话书

有一本童话书穿着烫（tàng）金的外套，围着丝绸的腰带，正坐在用雪白的鹅绒编成的坐垫（diàn）上看着窗外发呆。几个戴着高帽子的人正在礼堂里围着它转来转去。

"这是最好最好的象牙纸。"一个戴高帽子的人说道。这几个戴着高帽子的人就是做出这本童话书的人，童话书里的故事是他们写的。帽子越高就越会写故事；那金色的外套、丝绸的腰带，和写上故事的象牙纸都是他们做的。

"看，童话书多漂亮！"另一个戴高帽子的人自豪地说道。他应该觉得自豪，因为谁都没法否认那是一本无比美丽的童话书。

"现在童话书里已经写满了故事，得让所有的孩子都知道这件事。"帽子最高的人说道。戴高帽子的人都同意这个想法。

晚上,几个编故事的人开心地离开了。他们决定明天举行一个盛大典(diǎn)礼,把他们无比漂亮的"童话书"让孩子们看看。

童话书一个人孤单地坐在典礼台上,一点儿也不开心。想到明天的典礼,孩子们只能看到它漂亮的样子,而它身体里象牙纸上的故事,它一点儿也不喜欢,也不想给孩子们看。它呆呆地看着窗外。

一个穿着破衣服的人从礼堂边走过,脸上露出十分开心的笑容。"为什么那个穿得破破烂烂的人会笑得那么开心?"童话书跟了出去,原来是一个白头发的爷爷,他的怀里紧紧地抱着一个破布包。

爷爷在街道上走啊走,最后,童话书跟着爷爷来到了教堂,教堂里坐满了孩子。这么晚了,孩子们到教堂里做什么?

**爸爸故事时间**

孩子们把爷爷围住了,爷爷坐在孩子们的中间。爷爷把手伸进破布包里,动了动,爷爷的身后就出现了金色、银色、红色和蓝色翅膀的天使,天使们带着孩子们飞在天上。

爷爷的手在布包里又动了动,爷爷的前面就出现了一辆马车,教堂的地面变成了**旋**(xuán)转跑道。马车跑啊跑,跑一圈,教堂变成了一片森林,森林里住着小**矮**(ǎi)人;跑两圈,教堂变成了雪山,雪山上住着吃松树的雪人;马车跑啊跑,跑三圈,教堂变成了阿拉伯的城堡,美丽的公主正在编织神奇的飞毯……

马车跑啊跑,跑啊跑……

爷爷的手在布包里又动了动,爷爷的白发变成了冬天的雪花,身上的破衣服长出了秋天的树叶,背上冒出了中国的长城,左眼变成了月亮,右眼变成了无数的星星,这些组成了一幅会动的画面。

爷爷后来又变成了孩子,变成了风……

最后教堂的钟声响了,一切又恢复了原样,孩子们也都散去了,爷爷也匆匆地赶回了家。

爷爷的家又小又破,墙壁上还有一个大大的破洞,屋里只有一张破桌子。爷爷坐到桌子前,打开了他的破包袱(fú),原来爷爷的包袱里是一支笔,还有许多发黄的纸。爷爷在黄皮纸上写明天的故事,爷爷写一个,笑一笑,写一个,笑一笑。他在发黄的纸上不停地写啊写,写了一个又一个故事,明天他又会给孩子们表演什么新的故事呢?天快亮的时候,爷爷趴在桌子上微笑着睡着了。

童话书爬到爷爷的桌子上,看到爷爷的桌子上堆着一叠厚厚的发黄的纸,上面有那么多的故事,童话书扔掉了自己的象牙纸,把爷爷写满故事的黄纸装进了自己的身体里。童话书回去了,它要去参加今天的典礼,给所有的孩子们表演爷爷的故事。

胡元/文

有漂亮的包装不一定有美好的童话,贫穷的老爷爷非常喜欢孩子,所以写出的童话才有那样神奇的魔力,给每一个孩子都带来快乐。

# 鼹鼠的花田

草地上有一大片美丽的花田,动物们都喜欢在生日或节日的时候去那里采花送给朋友。小鼹鼠有时候也会去那里,她不采花,她只是拣起洒落在地上的花籽(zǐ)。许多动物都觉得小鼹鼠怪怪的,有的还嘲笑她笨。小鼹鼠"吱吱"地笑着,自顾自地把一颗颗黑亮的花种放在一个小铁盒里。

不多久,人类在花田上盖了房子,动物们再也采不到鲜花了。

熊爷爷过生日了,熊奶奶来到原来的花田边转了一圈又一圈:"唉,花田没了,我用什么来送给熊爷爷呢?"

"熊奶奶,您看这花漂亮吗?送给熊爷爷,祝他生日快乐!"小鼹鼠不知从哪里钻了出来,捧着一束熊爷爷最喜欢的郁(yù)金香。

熊奶奶看到花太高兴了,鼻梁上的老花镜都跳了起来,差点摔到地上。

袋鼠先生在花田边**焦**（jiāo）急地跳来跳去，小鼹鼠知道，袋鼠太太刚生了小宝宝，袋鼠先生想送给太太一束花。"袋鼠先生，请把花送给袋鼠太太吧！"小鼹鼠捧来一束鲜艳的红玫瑰，花束上还沾着亮晶晶的露珠。

"哦！好棒的玫瑰花，谢谢你，可爱的小鼹鼠！"袋鼠先生开开心心地跳走了。

生病的蚂蚁妹妹、新婚的鸟夫妇，还有要出远门的兔大叔都收到了鼹鼠送的鲜花。

后来，许多想要鲜花的动物都去鼹鼠家了。他们在鼹鼠家的房顶上看到了一大片美丽的花田和正在忙**碌**（lù）着的小鼹鼠。

"真是个了不起的孩子。"大伙向小鼹鼠竖起了大拇指，还亲切地拥抱了她。

在离开小鼹鼠家的时候，大伙除了捧回鲜花，还向鼹鼠要了一些花种。

又一阵春风吹来的时候，动物们都在院子里、阳台上、墙角边撒下了种子。过不了多久，家家都会拥有属于自己的一片花田的。

许萍萍/文

**爸爸悄悄话**

大家收到了小鼹鼠的花，多温暖啊。最最温暖的是，家家都会开满娇艳的花朵，多美丽啊！

# 半个蛋壳

"叽叽叽",一只毛茸(róng)茸的小黑鸡从蛋壳里钻了出来。

嘀嗒(dā)嘀嗒,下雨了。小黑鸡想:不好,我得快点找把小伞遮遮雨,要是把毛淋(lín)湿了多难看呀。

小黑鸡眼珠一转,想到了办法,她在大树旁找到了一根小树枝,把半个蛋壳顶在树枝上。啊,真是一把不错的小伞!雨滴叮叮咚咚地落下来,唱着好听的歌。

小黑鸡来到了河边,河水哗哗哗地流着,河对岸长满了高大的树和美丽的鲜花。小黑鸡想:对岸的风景多美呀,要是有一只小船送我到对岸该多好呀!

小黑鸡在河边踱来踱去,终于有了办法,她把蛋壳轻轻地放到了河面上。啊,真是一只奇妙的小船。她小心地跳到蛋壳里,用树枝当船桨(jiǎng)划呀划。风柔柔地吹来,小船摇摇晃晃地荡着,真舒服。

小黑鸡在树林里走。树林里太好玩了,小黑鸡多想痛痛快快地玩一会儿啊!可是,刚才帮了她忙的小蛋壳这会儿太**碍**(ài)事了,让她**腾**(téng)不出手来。

扔了它吧,小黑鸡左思右想,"不行不行,下雨天,我还要用它来挡雨呢,回去的时候,我还要让它当小船呢。"小黑鸡为难了。

忽然,她一拍小脑袋高兴地说:"有啦!"

小黑鸡把蛋壳戴到了小脑袋上。啊,真是一顶特别的帽子,小黑鸡变得更漂亮啦!

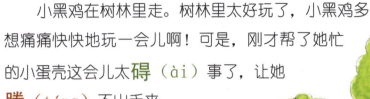

许萍萍/文

爸爸悄悄话

小黑鸡用蛋壳做了什么?想一想,小小的蛋壳还可以有什么用途呢?生活中,有很多东西都有好多用途呢,只要开动你的脑筋,你一定会有意外的收获哟。

# 丢丢林

每个人都会丢东西，每个人丢了东西后又会发现它们很宝贝。卡卡在星期天早上发现了这个秘密。

"哎呀，"先是妈妈嚷（rǎng）嚷起来，"我的绿手套丢了！"那是一副多漂亮的绿手套啊，绿绿的草缀（zhuì）满了全身，还有许多彩色的小花一朵一朵地嵌（qiàn）在中间，妈妈上班时戴在手上，下班时也戴在手上。丢了这样心爱的东西，妈妈的心情十分沮（jǔ）丧。

"哎，哎……"紧接着爸爸也着急地到处乱翻腾，"我的打火机呢？我的打火机哪去啦？"那个打火机卡卡知道，是爸爸参加一个宴会时，别人赠送的纪念品。看上去像一个小小的火车头，轻轻一按呀，跳出的火焰又亮又红，爸爸用得可顺手了，常常用它帮卡卡点烟火，引来多少小伙伴的羡慕和夸赞。丢失了它，爸爸自然也没什么好心情。

"好可惜!"卡卡帮妈妈回忆了半天,一无所获,他安慰妈妈说,"别急,再想想!"

"好倒霉!"卡卡帮爸爸折腾了好一会儿,连打火机的影子也没看到,他对爸爸说,"别慌,说不定它自己会跳出来的!"

"要不,去找找蓝狐狸,他主意多!"卡卡这么想着,就往外跑。

"啊!"跑在路上的卡卡一摸口袋,忍不住也惊叫起来,"我的玻璃弹珠呢?那么好看又好玩的玻璃弹珠呢?"

"噢!"蓝狐狸听卡卡讲这一早的丢失事件,若有所思。他说,"看来,今天丢丢林里又变美了!"

"丢丢林?"卡卡奇怪地问,"在哪儿呀?为什么变美?"

"所有丢失的东西,都会通过风隧(suì)道飞到丢丢林,"蓝狐狸眯(mī)起眼睛说,"在那儿换个样子生活。"

"真的?"卡卡好奇极了,"我要去,我要去看看,带我去好吗?"

"呵,"蓝狐狸看看时间,"好,我的风之书中也有一条风隧道,我们去瞧瞧今天那儿多了啥!"

### 爸爸故事时间

　　蓝狐狸拉着卡卡进了书房，打开那本大大的风之书，轻轻一敲，书就**敞**（chǎng）开了一条宽宽的大路，他俩往路上一踩，就被一阵猛烈的风带着往前飞。"到啦！"卡卡刚听到这两个字，就发现眼前是大片大片的林子，林子前一扇大绿门开着，门上有三个大字"丢丢林"！

　　"真特别的林子！"卡卡一进去就发现好多东西好熟悉。那一排排彩色的树，不是丫丫丢的三十六色彩铅长成的吗？彩色的铅笔树上，还有丫丫的手指印呢，丫丫因为丢了这盒彩色铅笔，掉过多少眼泪呀？

　　那一座座长长短短的桥，不是君君丢的直尺吗？黄色的那一把，卡卡还借来用过，粉红的那一把，还给美术老师画过画哩！

　　这时跑过来一群群小小精灵，那是敏敏丢的橡皮，一块蓝精灵的；少了只耳朵，擦掉了的；一块花点兔的，尾巴更短了；一块小公主的，头冠上的花还是丫丫画的……

卡卡一路瞧着，惊喜极了。"快去找找你们今天早上丢的东西呀。"蓝狐狸提醒他。

啊，妈妈的手套，长成了两片小小的绿草丛，那手套上的花片，散成了轻盈（yíng）的花蝶，在草丛里若隐若现。

嘿，爸爸的打火机，立在林子中间，成了漂亮的火车喷泉，不过喷射出来的，全是彩色的烟火泉。

哈，卡卡的玻璃弹珠嘛，一颗颗挂在路边，是一盏盏透亮透亮的花灯啦！

"呀，时间不多了！"蓝狐狸拉上看呆了的卡卡往回跑，"丢丢林要关门了！"风的隧道把他俩送回书房。

"我没说错吧？"蓝狐狸呵呵笑着说，"你们丢的东西，换个地方，变得很美好哟！"

"太好啦，"卡卡跳着说，"丢失的东西，都在远方重新生活，我要告诉爸爸妈妈，不要伤心啦！"

任小霞/文

**爸爸悄悄话**

丢了的东西还在吗？当然在啦！它们只是换了一个家，换了一种生活方式。小朋友，你一定丢过很多东西吧？别再伤心了，让我们来祝福它们吧！

# 牧羊小子和云

在一片大草原上,有一个牧(mù)场,在那里生活着一个男孩和他的一群羊。男孩每天早上赶着羊群去吃草,晚上又把它们赶回羊圈休息。附近的人们都叫他牧羊小子。

一天早上,牧羊小子像往常一样赶着羊群去吃草,走着走着,他看到有一头羊竟然飘到了半空中。牧羊小子吃了一惊,赶忙跑过去抓住那头羊的腿,把它拽(zhuài)到了地面上。为了防止它飞走,他用绳子拴(shuān)住了羊角,并紧紧抓住绳子的另一端。牧羊小子赶着羊群继续走,"怪羊"则跟在他的身后。忽然,他听到有人说话:"你好!"牧羊小子回头望了望,他的身后除了"怪羊"一个人也没有。

"是你在说话吗?"牧羊小子问。

"是的。""怪羊"说,"我是天上的云,因为长得像地面上的**绵**(mián)羊,所以很想和真正的绵羊交朋友。"

"原来是这样,这件事儿可真稀奇!"牧羊小子心里想。

又走了一会儿,羊群来到一片茂盛的草地上,羊儿都各自埋头吃草。牧羊小子便坐在草地上和"怪羊"聊天。他问:"你找到朋友了吗?"

"还没有,它们只会咩咩叫,都不和我玩。""怪羊"有点沮丧地说。

"那我们来交朋友吧,你叫什么名字?"

"我叫团团。"

"团团,你给我讲讲天上的事吧。"牧羊小子开始喜欢这头"怪羊"了。

"我带你去看看吧。"团团马上飞了起来,牧羊小子赶紧抓住手里的绳子。团团带着他越飞越高,他们飞啊飞啊,飞到了一座山上。

## 爸爸故事时间

这座山可真高,山顶的四周都是白云,根本看不到地面。牧羊小子把手一伸就碰到天空啦。原来,天空摸起来像泉水一样冰凉冰凉的,还是软绵绵的,真舒服。

"你看,这里就是天空啦。"团团在牧羊小子身边快活地飞来飞去。

"喂!大家快来!我们有客人啦!"团团大声说。

话音刚落,牧羊小子身边就热闹起来,好多动物都围在了他的身边,有小白兔、小马、猴子……

"他们都是云吗?"牧羊小子问。

"没错,他们都是和我一样的云,我们经常在一起玩。"团团说。

"欢迎你来做客。"小白兔一蹦一跳地说。"欢迎!欢迎!我们一起来跳舞吧。"猴子说。

牧羊小子和这些天上的朋友一起**哼**(hēng)着歌,跳着舞,还给他们讲了很多地面上的故事。

大家正开心地又说又笑，忽然，吹来一阵大风。"起风啦，快跑！"不知是谁大喊了一声，牧羊小子身边的动物们一下子全都不见了，只剩下团团。团团说："快抓住我，我们到地面上去。"牧羊小子便紧紧抱住团团的脖子。风太大了，团团快飞不动了，牧羊小子便伸出手去帮团团遮住面前的风。忽然，他抱住团团的另一只手滑了一下，然后整个人就往下掉，眼看就要**摔**（shuāi）到地上了。就在这时，一层**薄**（báo）薄的雾气托住了他，并把他平稳地放到了地上。薄雾散开的时候，牧羊小子听到了团团的声音："能和你成为朋友，我真的很高兴。再会了，我的朋友！"牧羊小子很感动，他向团团送去了最好的祝福。

张婷婷/文

**爸爸悄悄话**

团团最后变成什么了呢？天空中的云会随风飘来飘去，它们的形状各异，带给我们很多遐想的空间。小朋友，抬头看一看，你头顶上的云像什么呢？

# 漂亮的萝卜饼

四个兔宝宝把颜料罐（guàn）搬到了院子里。今天，他们要来玩一个非常非常好玩的游戏。

兔小弟把手伸进了红颜料罐，哇——变成一只小红手啦！兔姐姐把小手伸进了绿颜料罐，噢——变成一只小绿手啦！兔哥哥把小手伸进了黄色的颜料罐，啊——变成一只小黄手啦！兔妹妹最喜欢蓝色，她把两只小手都伸进蓝色的颜料罐，耶（yē）——变成一双小蓝手啦！

这个时候，兔奶奶搬来一盆面粉，她要做一锅香喷（pēn）喷的萝卜饼给四个兔宝宝吃。兔奶奶把清水倒进盆里，搅拌起面粉来："面粉面粉，白白的哩。糕饼糕饼，香香的哩。小兔小兔，馋（chán）馋的哩。"

四个兔宝宝听到兔奶奶的歌声都奔跑过去:"奶奶奶奶,让我们来帮您和面吧!"八只小手一下子都伸进了面盆里,他们跟奶奶一起搓(cuō)呀揉(róu)呀。

很快,萝卜饼做好了。奶奶点起了炉火,不一会儿,萝卜饼熟了。兔奶奶揭开锅盖,一阵萝卜香飘了出来。兔宝宝们拥到桌子前,看到了一锅五颜六色的萝卜饼,兴奋极了。

"奶奶,是不是您使用了魔法,让萝卜饼变得这么漂亮?"兔宝宝们一人拿了一个萝卜饼,"嘘(xū)嘘"地吹着热气。

兔奶奶惊讶地戴上老花镜看了看萝卜饼:"真是漂亮呢!但是奶奶没有使用魔法,是兔宝宝们小手的魔力让它们变得这么好看的。但是宝宝们千万不要把它们'啊呜'吃掉哟!"

许萍萍/文

**爸爸悄悄话**

有的时候调皮的宝宝也会制造惊喜,你也制造过这样的惊喜吗?但是用颜料制作的萝卜饼虽然好看,却不能吃哟。

# 捉迷藏

小青蛙呱呱,一个劲儿缠(chán)着妈妈,要妈妈和他玩捉迷藏。青蛙妈妈正忙,就对呱呱说:"刚刚我从树林回来,你的好伙伴,枯叶蝶,梅花鹿,小刺猬(cì wei),正在玩捉迷藏!"

"真的?"呱呱一蹦三尺高,"他们请我了吗?"

"请了,请了,"青蛙妈妈笑着说,"他们躲好了让你去找呢,快去吧!"

"好,"呱呱高兴极了,"那我去啦!"说完,就迫(pò)不及待地往树林跑去。

到了树林,呱呱东瞧瞧,西望望,哟,都藏得挺好的呀,一个也瞧不见。突然,呱呱发现了好几丛仙人球,一个个都好可爱呀!咦,那个颜色有点不一样的,会不会就是小刺猬呀?呱呱靠近他,试着大喊:"小刺猬,小刺猬!"那个"仙人球"居然打着滚儿来到她脚边:"你还能瞧出我来呀?眼力真好!"

"我们去找枯叶蝶!"呱呱对小刺猬说,"她说不定变成花瓣(bàn)落在花心里了。"他们在花丛里找了半天,看到好多变成花瓣休息的小蝴蝶,就是没瞧见枯叶蝶的身影。"对了,她更喜欢做小黄叶!"小刺猬说,"去那边树上找找。"

可不是么,那片黄黄的小叶子在树枝上一动一动的。

"枯叶蝶,"呱呱喊,"我们找到你啦,快下来!"那片"黄叶"真的变成了活蝴蝶,落在了呱呱的肩头,"你好棒哟,这都能找到!"

"我们去找梅花鹿!"呱呱兴致更高了,"她一定藏在树林里。"说着,就带着枯叶蝶和小刺猬往树林深处跑去。

## 爸爸故事时间

这时，阳光透过树叶的缝隙（xì）在草地上投下漂亮的光斑（bān），就像梅花鹿身上的花纹，那一片小小的花丛，多像躺着休息的梅花鹿啊，这一块浅浅的草地，也如跪着聊天的梅花鹿……花的影，叶的影，投在哪儿，哪儿都仿佛有一只漂亮的梅花鹿。

"哎呀，"枯叶蝶说，"歇会儿吧，找不到呀！"说着，她停在一棵小树的枝丫上，奇怪，那枝丫晃动两下，竟然开始走动了，哈哈，他跑起来了。

"会跑的小树！"呱呱嚷嚷，"梅花鹿在这儿！"

"呵呵，"梅花鹿笑着说，"其实我都没躲，是树把我藏起来了！"

"捉迷藏太好玩啦！"呱呱说，"你们快帮我想想，我要藏哪儿，你们才找不到呢？"

这个……小朋友快来一起想一想吧。

任小霞/文

### 爸爸悄悄话

小刺猬像仙人球，枯叶蝶像枯树叶，梅花鹿像小树……这些都是动物们为了保护自己而做的伪装，你还知道哪些动物的伪装呢？

# 叮当狗要搬家了

住在麦香公寓(yù)的叮当狗要搬家了。

"我会想你们的,咪咪小蚂蚁,喵呜喵呜猫,啪嗒啪嗒马,还有麦麦兔。"叮当狗抱着一摞(luò)厚厚的书从五楼下来。

"我们也会想你的,叮当狗。可是为什么你不早告诉我们搬家的事?"正围在圆桌上一起喝早茶的小伙伴们感到太突然了。

"请原谅我,我也是今天早上才决定搬家的。你们知道,我是一只流浪狗,固定的生活不适合我。"叮当狗一边说一边把书放到小货车上,接着又上楼搬行李去了。

咪咪小蚂蚁望着叮当狗的背影说:"我得把我最漂亮的那颗小玻璃球送给他,叮当狗最喜欢玩玻璃球了。"喵呜喵呜猫说:"叮当狗也喜欢小汽车,我把我的那辆蓝色小轿车送给他。"

啪嗒啪嗒马说:"不知道叮当狗喜不喜欢我的小木偶(ǒu)人,这可是我自己最最喜欢的东西。"

麦麦兔不说话,他还没想好送什么礼物给叮当狗。

**爸爸故事时间**

送那把一拉开关,就会飞出五颜六色的肥皂泡的小手枪吧!但是不行,这把小手枪的把**柄**(bǐng)坏掉了。送那个会"呱呱叫"的**绒**(róng)布青蛙吧。可是也不行,那只青蛙现在再也叫不出声了。

麦麦兔还想起了另外一些东西,但是所有的东西好像都有了一点小毛病。他回到家,把房间翻了个底朝天,可还是没有找到合适的礼物。

这时候,叮当狗的行李已经把小货车装满了。喵呜喵呜猫在大声地喊他:"麦麦兔,快点,叮当狗要走了。"

麦麦兔把脑袋探出窗外:"等我十分钟,就十分钟。我刚刚有了一个好点子。"麦麦兔回家找来一张雪白的纸,然后找他的颜料盒。但是很糟糕,他的蜡笔只剩下黑色和白色的了。

麦麦兔认真地在纸上画起来："叮当狗这家伙就爱穿天蓝色的背带裤……紧挨着叮当狗的是粉红色的喵呜喵呜猫，这是一个爱臭（chòu）美的女孩子；啪嗒啪嗒马最勇敢了，他有着树皮一样的咖啡（kā fēi）色；黑黑的小蚂蚁挺爱穿花衣裳的……最后是顶顶可爱的有着麦子一样的香味和颜色的兔子。"

可其实白纸上画的只是黑白色的叮当狗，黑白色的喵呜喵呜猫，黑白色的吧嗒吧嗒马，黑白色的咪咪小蚂蚁，黑白色的麦麦兔……反正，所有的一切都是黑白色的。

"叮当狗，真是不好意思，蜡笔都找不到了。"麦麦兔难为情地把画送给叮当狗。

叮当狗却说："这是一张珍贵的'黑白照片'呢。这样，我就可以天天看见你们了！"说完，开着他的小货车，"突突突"地走远了。

"再见！"小伙伴们看着叮当狗的小货车，使劲地挥着手。

许萍萍/文

最亲爱的小伙伴要走了，最好的礼物是什么呢？当然是大家在一起时开心的记忆。好朋友不管在哪里，都会彼此想念的。

# 稻草人的心愿

稻草人知道小鼹鼠的心愿，知道小兔子的心愿，知道小母鸡的心愿，但是他从来都没有把自己的心愿讲给大家听过。

秋天，当农人们把庄稼收割完后，稻草人就请风儿把散落在田间的谷子麦子吹**拢**（lǒng）在一起。小鼹鼠来了，他盛了一袋麦子回家。用麦子磨成粉，做成了一个大蛋糕送给奶奶，这是小鼹鼠的心愿。

小兔子来了，她盛了一袋谷子回家。把谷子**轧**（yà）成米，做了一锅鲜鲜的萝卜蘑菇粥，请好朋友们一起来品尝，这是小兔子的心愿。

小母鸡也来了，稻草人知道她的心愿，是给即将出生的蛋宝宝们准备一个暖和的窝。但是稻田里一根稻草都没有了。

稻草人说："小母鸡，我身上的草足够你做一个窝的了，你随便拿吧！"

小母鸡抽走了稻草人身上的一些稻草,感激地说:"我会永远记得你的,亲爱的稻草人,谢谢你!"

第二年的春天来临了,稻草人望着天上的云朵,听着鸟儿的歌唱,觉得很快乐。

"在这样美好的时光里,去远方看看,该有多么美妙啊!"稻草人望着远方的天空。

这时候,小鼹鼠来了,兔子和朋友们来了,小母鸡和她的鸡宝宝们来了。他们推着一辆小手推车——喔,这是能干的小兔子做的。

"亲爱的稻草人,我们都知道,去春天的远方旅行,是你最大的心愿!"大家把稻草人从泥土里拔出来,搬上小手推车。

你瞧啊,在这个美好的春天里,稻草人和他的伙伴们一起去远方旅行喽。

许萍萍/文

稻草人守护稻田,也竭尽所能帮助朋友们完成心愿,稻草人从来没有说过自己的心愿是要去看一看远方的春天,但细心的朋友们总是会知道的。

# 小 渡 船

小灰鼠要把一封信交给住在池塘边的小白鼠，但是这几天他太忙了，没有时间去。想当邮（yóu）递员的小乌龟说："让我帮你去送信吧！"

"你能保证，今天就把信送到小灰鼠的手里吗？"小灰鼠问。

"当然可以了！"小乌龟接过信，匆匆忙忙地赶路去了。

但是，当他来到小白鼠的家里时，已经是第二天傍（bàng）晚了。

小白鼠看完信，生气地说："慢吞（tūn）吞的小乌龟，你知道吗？你的信送来这么晚，害我错过今天中午小灰鼠家的宴会了。"

小乌龟很难过，他想：我以后赶路一定要快些，更快些。

刺猬奶奶的孙女住在小树林里，明天就是她的生日了。刺猬奶奶要送给小孙女送一个大蛋糕，但是她生病了，去不成。

想当邮递员的小乌龟说："刺猬奶奶，让我帮你把蛋糕送给你的小孙女吧！"

"你能保证，明天就把蛋糕送给我的小孙女吗？"刺猬奶奶问。

"没问题的，我会爬得很快的。"

小乌龟背上大蛋糕，匆匆忙忙地赶路。但是他来到小树林里的时候，已经是第三天早上了。

小刺猬很不高兴,她说:"慢吞吞的小乌龟,我已经过完我的生日了,现在才收到生日蛋糕,太没意思了!"

"我是没用的小乌龟,每件事情都做得这么糟糕!"小乌龟非常难过,他站在河边的岩(yán)石上闷闷不乐。

一只小老鼠过来了,他要去河对岸捡麦穗(suì)。但是河里没有船,也没有小桥。

小乌龟说:"爬到我的背上来吧,我驮(tuó)你过河。"

小乌龟在水里游得真快,一会儿工夫就把小老鼠送到了河对岸。

小老鼠伸出大拇(mǔ)指,说:"亲爱的小乌龟,你是一只小渡船,真是太棒了!"

"原来我可以做一只小渡船的!"小乌龟太高兴了,他决定把家搬到小河边来,每天帮助小动物们渡河运送东西。

大家得到小乌龟的帮助,都非常开心,再也没有人说他慢了。

许萍萍/文

就像善良的小乌龟一样,每个人都有自己的优点。只要找到恰当的位置,就能成为一个有价值的人。

# 只要一点点魔力

森林很大，因为那儿住满了小动物；森林又很小，因为除了小动物，那儿只有一只大老虎，和一个丑丑的小魔怪。小动物们怕老虎，更怕小魔怪，尽管谁都没有见过小魔怪。

"他有着长长的犄（jī）角！""他有着尖尖的牙齿！""他有着铜铃一样的圆眼睛！""他有着浓密的长胡子！"

这样的长相就已经很可怕了，更何况（kuàng），他还会魔法。小魔怪都会魔法，呼地吹一口气，就能把你吹到天边，吹进小湖里，吹到山坡下。

正当小动物们在议论小魔怪时，森林里传出了可怕的吼叫声。"呀，是大老虎来了！"大家慌慌张张地抱着脑袋乱窜。"只要一点点魔力，只要一点点魔力！"突然，一只长得只有小老鼠那么大的小蓝兔挥舞着一根长棍子，"啪"一声抽打在大老虎的胳膊上，又"咚"一声敲中了大老虎的脑门。

"他会飞,他是个大力士!"小动物们停止了逃窜,都惊讶(yà)地望着小蓝兔,只见他又是跳、又是跑、又是飞,正在激烈地和大老虎作战。大老虎这次显然被打惨了,他"嗷(áo)嗷"叫着,向森林深处逃去。小蓝兔也不见了身影。

中午时分,天空暗了下来,雨点噼里啪啦地敲打在小动物们身上。

"只要一点点魔力,只要一点点魔力!"一只长得只有小兔子那么大的粉红色熊从怀里掏出一块粉红色的绸缎,他一边唱歌,一边快乐地跳起舞来。雨顿(dùn)时停了。

"他会唱歌,他会跳舞,他还会阻止雨点掉下来!"小动物们兴奋地望着粉红熊的表演。

很快,太阳出来了,静静的湖面上出现了一条美丽的彩虹,粉红色熊站在桥顶上,咧(liě)着嘴朝大伙儿笑。

## 爸爸故事时间

"只要一点点魔力，只要一点点魔力！"这个奇怪的声音又响起来，彩虹桥上，没有了小熊的身影，只见无数绿色的藤蔓（téng màn）垂下来，它们像一只只小手，牵起了所有的小动物。

哎呀，真好玩，大家都来到了彩虹桥上。云朵香喷喷，软绵绵；彩虹滑溜溜，亮晶晶。"哧（chī）溜……"一颗圆滚滚的小豌豆在彩虹桥上滑起了滑梯。

"哧溜……"大家都跟着绿绿的小豌（wān）豆从这边滑到那一边，开心得不得了。其实，蓝色的小兔子、粉红色的熊和绿绿的小豌豆，都是小魔怪变的。

那小魔怪到底长成什么样？谁也不知道。直到现在，大家还以为森林里有一个比老虎还要可怕的小魔怪呢。

许萍萍/文

其实小魔怪一点也不可怕，有时候还很调皮呢！他会用自己的魔法帮大家打跑大老虎，还能给大家带来快乐，现在你是不是有点喜欢他了呢？

# 小浣熊的钢琴

夏天,爆脾气的太阳公公把整片小树林烤得像个闷热的大火炉(lú)。在小树林生活的小动物们都觉得有点受不了,他们都说:"这样太热了!"

傍晚,树林里的风邮递员,给小动物们送来了一封邀(yāo)请信。原来是住在小池塘边的小浣(huàn)熊邀请大家晚上八点钟,去参加他的清凉音乐会。

小动物们开心极了,还没到八点钟呢,他们就一齐来到小池塘边的小浣熊家。可是池塘边空荡荡的,没有布置舞台,也没有灯光;音乐会总该有乐器吧,可是这里连乐器也没有。

小浣熊笑着说:"不急,不急,马上就好。"

小浣熊来到池塘边,拍了拍手。池塘就好像被浣熊施了魔法,水面顷(qǐng)刻变得异常光彩起来,池塘中的水哗啦啦地响着。慢慢地,一架水钢琴就从池塘中央升了起来。

**爸爸故事时间**

这是一架奇异的钢琴,水做的,浑身都是比玻璃还要纯净的透明,幽幽地透着**翡翠**(fěi cuì)一样的清绿。

小浣熊又拍了拍手。一轮圆圆的月亮就升到了树**梢**(shāo),亮了起来,一圈**皎**(jiǎo)洁的月光正好洒在了水钢琴上。

小浣熊向池塘中的水钢琴走去,此时的水面就像发光的玻璃舞台。浣熊在钢琴前坐下,将手轻轻地按在琴键上,不一会儿,一支美妙的曲子就响了起来。

叮咚,叮叮咚……这是泉水说话的声音。

哗啦啦,哗啦啦……这是溪流欢畅流过的笑声。

沙沙,沙沙沙……这是雨天雨点儿在叶子上跳舞的节奏声。

小动物们都听呆了,他们全都忘了这大热天的炎热,全都沉浸在那份清凉和惬意中了。这真是一场令人难忘的神奇音乐会。

杨笛野/文

**爸爸悄悄话**

小浣熊用钢琴把清凉带到了小动物们的耳朵里和心里,因此连燥热的夏天都显得清凉了许多。小朋友,这场音乐会是不是很神奇呢?

# 冬天里的春天

大自然有四个孩子,分别叫做春天、夏天、秋天和冬天,他们是四个小仙子。他们四个轮流到我们的世界来,把河流、树木还有小动物们都照顾得井井有条。一个小仙子在工作的时候,其他三个就在云朵里休息、玩耍。

有一年,冬天正忙着让小河结冰,把厚厚的白雪盖在树枝和泥土上。春天在云朵里和夏天、秋天玩累了,他从云朵向下张望,看着一片白茫茫的世界,自言自语道:"这样的世界有什么好看?真想让草地绿起来,让鱼儿早点浮出水面。"

他每天都这么想着,终于有一天,他忍不住了,说:"我要到下面去,让花儿早点开,让小草早点绿,让小动物们快点出来。"夏天和秋天知道了,都劝他说:"你不能这样做,现在是冬天的时间,我们只能待在这里。大自然妈妈说过,我们不可以在不属于自己的时间随便出去。"

爸爸故事时间

春天说:"有什么关系?我只是想让这个世界变得更漂亮,大自然妈妈看了也会高兴的。"春天坚持要出去,夏天和秋天一点办法也没有。

春天飞进一座山谷里,他看到小河都结着厚厚的冰,鱼儿在河底,游得很慢很慢。他想,一定是冰挡住了鱼儿的视线,他们觉得太闷了。于是,他朝着河面一个劲儿地吹着暖风,河面的冰一点点融化了。

他对鱼儿说:"快游上来吧,我把冰融化了,你们可以来看看外面的世界了。"一条小鱼游了上来,对春天说:"春天,你怎么这个时候就来了?外边好冷呀,多亏河面上的冰挡住外边的冷空气,才让水底暖和一些。"

春天很纳(nà)闷,说:"难道你不想出来玩吗?"小鱼说:"等天气真正暖和了,我才能到水面上来玩,现在我不能靠近水面游太久,因为我需要节省体力,还需要保暖。春天,我先走啦,等过些日子我们再一起玩吧。"

　　春天听了小鱼的话,觉得有些扫兴。他又来到草地上,看到小草都被厚厚的积雪盖住。于是,他又朝积雪吹着暖风,他吹啊吹啊,一小片积雪化开了。

　　春天对下面的小草说:"小草,快出来,我已经帮你把雪融化了。"小草的声音直发抖,说:"是春天吗?你怎么这个时候就来啦?请你赶快帮我把被子盖好,我要暖暖地睡在白雪下边,养足了精神才能长得高、长得快呀。"春天说:"难道你不想现在出来玩一会儿吗?"小草说:"现在外边太冷了,不盖上被子好好睡觉,我会生病的。"春天只好又拿来些积雪帮小草盖好。

　　春天闷闷不乐地坐在一棵大树下,他发现身边有一个洞穴,那是刺猬一家住的地方。他移开盖住洞口的干草,对着洞里大声喊:"刺猬爸爸、刺猬妈妈、小刺猬兄妹,你们都好吗?"

## 爸爸故事时间

他听了听,洞里一点动静都没有,他又大声喊了一遍,这才听到刺猬爸爸的声音:"是谁啊?""我是春天,我来找你们玩了。"春天大声回答。"春天啊……你怎么这个时候就来了?我们一家人都在冬眠呢。"刺猬爸爸的声音简直像在说梦话,"春天啊……我要继续睡啦,我的孩子们也要好好睡觉……"春天听了,还想说什么,可是还没说出口,洞里已经传出了刺猬爸爸的呼噜(lū)声。

春天看着盖满白雪的大树,轻轻叹了一口气,树枝上的积雪融成水,滴在春天的头顶上。春天打了一个冷战,自言自语地说:"我还是回家去吧。"春天垂头丧气地回到云朵上,见到夏天和秋天,说:"唉……小草、鱼儿和小刺猬,他们都要休息,看来我只好耐心地等待啦。"

张婷婷/文

## 爸爸悄悄话

冬天里,漂亮的花草、活泼的小鱼还有各种小动物都不见了。它们到哪儿去了呢?原来都躲在暖和的地方,等待春天的到来呢。

# 圣诞节的小松树

在森林的边上，有一棵小松树。他每天都尽量吸收阳光和水分，朝着天空努力地生长。因为住在森林边上，所以偶尔会见到一些路过森林的行人，有赶路的老伯（bó），也有跑来跑去玩耍的小孩子。

小松树看到人们走来走去，觉得非常羡慕，自言自语地说："我什么时候才能像人一样走到自己想去的地方呢？"他的话被一只在他身边休息的小松鼠听到了。小松鼠爬到他的身上，悄悄地说："告诉你吧，圣诞节的时候，附近镇（zhèn）子里的人会来这里选一棵松树当作圣诞树，如果你被选中了，就可以到镇子里去过圣诞节啦！"旁边的老橡树听到了，劝告小松树说："你不要到镇子里面去，听说到那里去的松树，都会变得很孤单、很寂寞（jì mò）的，还是留在这里比较好。"

## 爸爸故事时间

小松树根本听不进去，一心想到镇子里去看一看。他每天更加努力地吸收阳光和水分，让自己的枝叶都舒（shū）展得漂漂亮亮的。终于有一天，几个扛着锯（jù）子、推着小车的人向森林这边走来。小松树屏住呼吸，站直身体，这几个人靠近他的时候，他激动得树梢都在微微晃动。这些人被从树梢传来的沙沙声吸引，他们上下打量了小松树一遍，其中一个人说："这棵松树小了点，不过长得还真不错呢，今年就选它吧。"小松树听了，别提多开心啦！

不一会儿，那些人将小松树放在了小推车里，又用绳子将他捆（kǔn）好。小松树就这样来到了镇子的中心，一路上他看到各式各样的房屋，还有石子铺成的道路。很多小孩子围着他又蹦又跳，还拍着小手欢呼。真是太热闹了，小松树都不知道该看哪里好了。

人们在他的身上挂满了五颜六色的彩灯,高高的树梢上还装了一颗闪亮的星星。在他的身边,满满地堆着用彩纸包装的礼物,孩子和大人的脸上都带着愉快的笑容。小松树看着天上的月亮,心里默默地说:"我真是太高兴了,今晚被打扮得这么漂亮,还受到所有人的欢迎。我感到非常满足,不再有任何愿望了。"

圣诞节很快过去了,小松树被放在镇子里堆放杂物的仓库中,身上的装饰物也被拿掉了。他独自站在仓库的角落里,透过小小的窗户,看着外面的蓝天,他想起老橡树的话,体会到什么是孤单和寂寞。这时,那只小松鼠跳到窗边,对着小松树招手。小松鼠问他:"你后悔来到镇子里吗?"小松树使劲笑了笑,说:"我现在很寂寞,但是我心里已经有了最美好的回忆,我会永远记住那个圣诞节的夜晚,我完成了自己的梦想,不会后悔的。"

张婷婷/文

**爸爸悄悄话**

小松树终于成为了一棵圣诞树,完成了它的梦想。别人看它是那么孤独,但是,它却一点儿也不后悔,为什么呢?因为它曾经为自己的梦想努力过,并且实现了自己的美丽的梦想。

# 神奇的面包

蓝狐狸选用最上等的叶片儿浸染(jìn rǎn)加工,做出了一把别致的叶片儿伞,这伞与一般的伞可不一样,别的伞是凸(tū)的,叶片儿伞是凹(āo)的。

晴天,蓝狐狸撑着伞儿出去漫步,"我去采集阳光啦!"他嚷嚷着走在森林里。伞上的叶片儿一闪一闪,把许多阳光收了进来,一到家,蓝狐狸就从叶片儿伞里倒下好多彩色的阳光。

雨天,蓝狐狸撑着伞儿出去溜达:"我去收集雨点啦!"他旋转着伞走在森林里。伞上的叶片儿一亮一亮,把许多雨点儿接了进来。一到家,蓝狐狸把雨点儿全倒进锅里加热。加热的雨点儿变成雾气往屋顶跑,最后在屋顶聚成一朵白白软软的云。

蓝狐狸找梯子取下这一大朵云,把晴天收藏的阳光倒进云朵,开始揉呀**捏**(niē)呀,**搓**(cuō)成一个个彩色的云团。这下,可以开始做面包啦,一个,两个,三个……他做了一桌子彩色的阳光雨面包。烤箱里喷香的味道开始四处飘浮,森林里的小动物们都闻到了:"好香呀,好香呀!"

第一个面包,送到了生病的笨笨熊手里。笨笨熊尝了下,好像一束明**媚**(mèi)的阳光穿过身体,暖暖的,真奇妙呀!笨笨熊一点也不难受了,觉得病也好多了。

第二个面包,送到了委屈的小花鸭手上。小花鸭刚咬了一口,就感觉到许多活泼的鸟儿在对她歌唱,真动听呀!她忘记自己为什么委屈了,心里充满了快乐。

**爸爸故事时间**

第三个面包，送到了总是睡不好觉的鼠妈妈手中。鼠妈妈品尝着，好像许许多多的雨点儿在阳光琴弦（xián）上弹奏着一支摇篮曲，轻柔舒缓（huǎn），鼠妈妈突然觉得困了，她微笑着进入了梦乡。

第四个面包是给疲劳的牛爷爷，呵，牛爷爷一口吞下去，他仿佛闻到了百花的清香，立马感到神清气爽（shuǎng），把疲劳都赶跑啦……

阳光雨面包治好了森林小镇好多人的病，大家真是开心。"你的手艺啊，真了不起！"大伙儿看到蓝狐狸就竖起大拇指夸。"真正了不起的是美丽的阳光和雨露，是它们送给我们快乐的七彩生活哩！"蓝狐狸总是晃动着手中的七彩叶片儿伞说。

任小霞/文

**爸爸悄悄话**

蓝狐狸的面包是用温暖的阳光做的、用清凉的雨点儿做的、用大自然的歌声做的。当然，其中最重要的，还要数蓝狐狸对森林居民们的关爱之心啦！

# 小老鼠的新衣服

"亲爱的小老鼠,你今天真是帅呆了!"老鼠妈妈一边帮小老鼠系棕(zōng)色的小皮鞋带子,一边笑眯眯地抬起头望着他。

小老鼠今天确实很帅:豆绿色的高领毛线外套,咖啡色的灯芯绒(róng)背带裤,铮(zhēng)亮铮亮的棕色小皮鞋,从头到脚都是新簇(cù)簇的。

"过新年,穿新衣!小老鼠,你千万不要把新衣服弄脏喽!"老鼠妈妈在小老鼠出门去玩的时候大声地叮咛(dīng níng)着。小老鼠才不会把他的新衣服弄脏呢!你看,他走路多小心啊,轻轻地,慢慢地。

"小老鼠,请你帮熊奶奶把袜子取下来吧。"熊奶奶正在吃力地够挂在树枝上的一只袜子。

爸爸故事时间

"这个我最拿手了。"小老鼠连忙"嗖（sōu）嗖嗖"地爬上了树，帮熊奶奶把袜子取了下来。然后又"嗖嗖嗖"地滑下来。但是很糟糕，小树枝把小老鼠胸口的一根毛线给钩断了，那里马上有了一块小饼干一样的洞。

"妈妈要生气了，呜呜呜……"小老鼠难过地哭了。

"不要着急，奶奶给你想办法。"熊奶奶可是林子里的编（biān）织高手，她拿出一枚钩针和一些毛线团，在小老鼠衣服上有洞的地方一针一针地编织起来。

很快地，小老鼠的胸前出现了一只饼干形状的棕色口袋，似乎还有巧克力的香味在飘出来。"多好的口袋呀！谢谢您，熊奶奶。"小老鼠开心地告别了熊奶奶。

小老鼠在墙根下看见猪大叔在掏东西，就好奇地走过去："猪大叔，你在掏什么呢？"

"我心爱的小**锤**(chuí)子不小心掉到墙洞里了。小老鼠,你来得正好,可以帮帮我吗?"猪大叔喘着气对小老鼠说。

小老鼠二话没说就一**骨碌**(gū lù)钻进了墙洞里。"哎哟,哎哟……"小老鼠突然**呲**(zī)着牙叫起来。原来碰着膝盖了,痛是可以忍的;但糟糕的是,小老鼠的背带裤被划破了。

"没关系的,小老鼠,猪大婶可是林子里最最有名的裁缝哦!"猪大叔告诉小老鼠。

"看看你的膝盖,是不是比以前更漂亮了。"猪大婶在小老鼠的膝盖上补了一个小**蘑菇**(mó gu)。哇,小老鼠看着自己,感觉比刚才要帅多了!

许萍萍/文

**爸爸悄悄话**

小老鼠的衣服破了几次呢?是谁帮他缝补的呢?善良的小老鼠因为帮助了别人,不小心把衣服弄破了,但是在大家的帮助下,他的一衣服不仅缝补好了,而且更漂亮了呢!

# 爸爸的绒布兔子

有一个小男孩住在阁（gé）楼上，他有一只玩具兔子，软软的、毛茸（róng）茸的。小男孩睡觉的时候总要搂着它。

这是一个秘密，说出去会被别人笑话，因为男孩子都喜欢舞枪弄棒，绒布兔子是女孩子的玩意儿。

这个秘密只有爸爸知道。在妈妈去了遥远地方的那一天，小男孩夜里睡不着觉，爸爸就送给他这只兔子，陪伴着他进入梦乡。

一年年过去了，小男孩要读中学了，学校很远，需要住校。一个大男孩搂着绒布兔子睡觉，要是寝室的同学看见，准会笑掉大牙的。男孩狠了狠心，把绒布兔子留在了阁楼上。

中学时光是紧张而忙碌（lù）的，生活也是五彩斑斓（bān lán）的，男孩子渐渐忘记了自己的那只兔子。绒布兔子就呆在阁楼里，它好想念小男孩。

又过了好多年,绒布兔子变老了,它整天在阁楼上昏睡,偶尔看看外面的阳光,叹息一声之后,继续做自己的梦。

有一天,传来银铃般的笑声,"呵呵呵……呵呵呵……"

这个笑声好熟悉呀。老绒布兔子睁开眼睛,竟然看见小男孩爬上阁楼。

"哦!好丑的兔子!"小男孩拿起它拍了拍。

"哦,你回来啦,你是喜欢我的呀,可从来没说过我丑。"绒布兔子说。

"我有好多玩具,都比你漂亮。"说着,小男孩从身后突然**拽**(zhuài)出一把枪,"突突突"地向绒布兔子扫射。

"哦!天呀,我的耳朵要被**震聋**(zhèn lóng)啦!"老绒布兔子急忙把自己的耳朵**捂**(wǔ)上。

"你别看他现在不好看了,这可是你爸爸小时候最心爱的玩具呢。你爸爸小时候每天都抱着它睡觉,跟它说话。"爷爷在楼梯口喊道。

"哦?那它一定知道我爸爸小时候的秘密,嘻嘻——"小男孩忽然抱起了绒布兔子。

好久没有被这么温暖地抱着了,老绒布兔子眼睛变得明亮起来,浑(hún)身上下每一个细胞都在欢快地跳跃,它看上去就像一只崭新的绒布兔子!

"其实你也没有那么丑哟。"小男孩拽了拽老绒布兔子的耳朵,"说说我爸爸小时候的事吧。"

"你爸爸小时候总是想妈妈,梦里就喊——妈妈回来,妈妈回来……我听了很难过,就紧紧地搂着他,陪他度过一个个孤单的夜晚。"老绒布兔子说道。

"哦,原来爸爸小时候也很胆小哟。"小男孩搂紧绒布兔子。

"我现在也很胆小。"老绒布兔子小声说道。

"我把你抱回家,住在我温暖的小床上,这样以后你就不会再孤单了哟。"

"真的吗?那太好了!"绒布兔子感觉心里暖暖的,眼泪在眼眶(kuàng)里打转。

他们离开时,小男孩说:"爷爷,我把绒布兔子带走了,您也和我一起回家好吗?"

"我舍不得这个大花园啊,每天照顾这些花花草草,我感觉很有意思呢。"

"爷爷,等我长大了,我也来陪您,和您一起照顾花草。"

"好好好。"爷爷一边侍弄着自己的花园,一边想着小孙子的话,脸上露出了慈祥的微笑。

窦晶/文

## 爸爸悄悄话

爸爸的绒布兔子陪伴爸爸无数个夜晚,也会陪伴小男孩无数个夜晚。绒布兔子像妈妈的爱一样,永远不会离开。

# 咕嘟岛上的水果熟了

咕（gū）嘟岛的主人是一只小鼹（yǎn）鼠。咕嘟岛上的所有水果地里都挂着号牌：1、2、3…

一天，小鼹鼠在挂着1号牌的地里摘下一个熟透的大西瓜。这么大的西瓜怎么运走呢？小鼹鼠把西瓜做成了西瓜车。然后，开着西瓜车来到邮局，拍了十份电报，上面都写着：快来，水果熟了！

第二天天没亮，小鼹鼠的家门就被"砰（pēng）砰砰"地敲响了！"快开门，快开门！"门前来了许多蒙着面具的海盗。

"你们是谁？"小鼹鼠打开门，吓得说不出话。

"哈哈，水果不是熟了吗？把水果拿出来吧！"突然，一个细细的声音说话了。

听到这熟悉的声音，小鼹鼠笑了："原来是你们呀，吓我一跳呢！

　　海盗们摘掉面具，他们是小刺猬（cì wei）、小兔子、小山鸡、小浣（huàn）熊、小松鼠、小猴子、小野猪。原来，小鼹鼠把岛上的地都租给了朋友们，而他的报酬（chóu）就是可以随便吃地里的水果！

　　看吧，现在岛上可热闹了！1号地里小野猪正忙着摘大西瓜；2号地里小刺猬正忙着摘芒果；3号地里的小兔子正忙着摘葡萄；小山鸡在4号地里忙活着摘草莓；小浣熊在5号地里摘香瓜；小松鼠在6号地里摘西红柿；最有趣的是小猴子，他在7号地里的桃树上边摘边吃，撑得都下不了树了！小动物们把水果都摘好放在地头，决定把它们都运回家。

**爸爸故事时间**

"这么多的水果，你们要怎么运走呢？"小鼹鼠替他们犯愁了。

"哈哈，别忘了，我们是海盗啊！"小浣熊指着海边说。哦，小鼹鼠看见海岸边竟然飘来了7艘小船。

"小鼹鼠再见，明年我们再来！"水果运上了船，朋友们都走了！小鼹鼠看着他们远去的背影，心里真舍不得。

小鼹鼠开着西瓜车回到家，呀——他惊奇地发现家门前竟然堆着7筐水果，上面贴着纸条："把最大的水果留给你！"

"等到我把这些吃完的时候，就又可以见到好朋友们了！"小鼹鼠笑了。

陈琪敬/文

**爸爸悄悄话**

小鼹鼠拥有一个咕嘟岛，但他和好朋友分享的品德，让他不仅收获了美味的水果，也收获了好朋友的友谊。

# 神奇的旅行

已经很晚了,诺达森林里小动物们的家都还亮着灯,爸爸妈妈还在大喊:"宝贝,不能再玩了,该睡觉了!"

小兔家也一样,兔宝宝菲(fēi)菲很晚才躺进被窝。妈妈轻轻地吻了菲菲的额(é)头:"早点睡哦!"然后关上灯和门,走回自己的房间。

菲菲躺在床上,怎么也睡不着。房间黑漆(qī)漆的,菲菲走下床,用力拉开厚厚的窗帘。"唰(shuā)——"一束金黄的月光从窗外照了进来,美极了。菲菲好奇地用手去摸那束光,没想到她的手慢慢消失了,接着是胳膊,再接着是肩膀,然后是整个身体不见了。菲菲还没来得及喊妈妈,她就已经来到了另一个世界——一个游乐场。

"哇,这是哪?"菲菲揉了揉眼睛。这里有旋转木马、有跳床、过山车、有滑梯还有小火车。"哈哈哈……"菲菲高兴坏了,急忙跑去玩旋转木马。

**爸爸故事时间**

就在这时,身后传来了妈妈的声音:"菲菲,你还没睡吗?"妈妈说。菲菲瞬间从游乐场回到了房间。妈妈推开门,菲菲兴奋地从床上坐起来,兴奋地回答:"妈妈,真是神奇的旅行,我刚才去了游乐场!"妈妈说:"宝宝,你一定是在做梦呢,快睡吧。"菲菲闭上眼睛,不一会儿就睡着了。

第二天,菲菲来到学校,把昨天晚上神奇的旅行告诉了她的好朋友小熊米尼。她遗憾地说:"要不是妈妈喊我,我就坐上旋转木马了。"米尼说:"今天晚上我们一起去吧!"

到了晚上,菲菲没等妈妈**催**(cuī)就关灯上床了。菲菲为了不让妈妈打断自己的神奇旅行,她躺在床上假装睡着,看到妈妈推开房门检查后又关上了门,她才拉开窗帘。"唰——"一束金黄的月光从窗外射到房间的墙壁上,菲菲摸了那束光,来到了那个世界。她高兴地爬上旋转木马,玩了起来。

没过多久，小熊米尼也来了。"嗨，菲菲！"米尼兴奋地向菲菲打招呼。菲菲招手让米尼过来。两人一起坐上了旋转木马，接着又去玩跳床，俩人蹦啊蹦，好开心。正玩的高兴的时候，传来了小熊妈妈的声音："米尼，你还没睡吗？"俩人一下子又回到了各自的房间。

第三天，教室里，小动物们都围在一起，听着菲菲和米尼的神奇旅行。菲菲说："妈妈不相信我去了游乐场，但是米尼可以作证，我说的是真的。"米尼说："是的，太神奇了，如果不是妈妈叫我，我们该去玩过山车了。""哇，过山车，太棒了！"小动物们都**羡慕**（xiàn mù）极了。于是，小动物们约好，晚上一起进行这场神奇之旅。

到了晚上，小动物们没等爸爸妈妈催，就乖乖地上了床，一动不动地假装睡着。然后按照菲菲说的步**骤**（zhòu），一一来到了游乐场。再也没有比这更快乐的了！他们想玩哪个就玩哪个，高兴得竟然忘了睡觉的事。

### 爸爸故事时间

第二天早上,他们一个个困得耷(dā)拉着脑袋去上学,眯着眼睛走路。老鼠兄弟竟然撞到了一起,把脑袋都撞出了包。

看见大家都无精打采的,小熊米尼说:"我好想念游乐场啊!可是白天老想睡觉啊!"小猪努努便说:"我们要早点上床,这样就可以早点到游乐场玩。"小猴接着说:"然后早点回家睡觉,白天才不会犯困。"小动物们都点头同意。

晚上,还很早,小动物们就上床了,等爸爸妈妈回了自己的房间,他们就拉开窗帘。"唰——"一束金黄的月光从窗外照进房间,大家又开始了神奇之旅。他们在游乐场快乐地玩啊,蹦啊,好开心。"我们该回去睡觉啦!"菲菲提醒大家。大家确实玩累了,"唰"又都回到自己的床上呼呼入睡啦。

就这样,小动物们每天期待晚上的神奇之旅,然后玩得筋疲(jīn pí)力尽,回来早早地睡觉,睡得香香甜甜的。诺达森林里,再也听不到动物家长们"宝贝,不能再玩了,该睡觉了!"的唠叨了。

杨坤/文

### 爸爸悄悄话

小朋友,你是不是也想参加小动物们的神奇之旅呢?哈哈,每天晚上要早点上床,闭上眼睛,也许你就会见到他们了哟!

# 小鼹鼠的布娃娃

今晚的月亮是多么圆啊,这真是一个美好的夜晚——如果没有小鼹鼠的哭声的话。

"唔——"小鼹鼠弄丢了她的布娃娃。

小兔子正想跟月亮说晚安呢,听到了小鼹鼠抽抽嗒(dā)嗒的哭声,小兔子抱来了自己的布娃娃。

"小鼹鼠,我可以把布娃娃借给你!瞧,她有两只漂亮的长耳朵!"

可是,小鼹鼠不肯抱小兔子的布娃娃。

小猴子正想跟月亮说晚安呢,听到了小鼹鼠抽抽嗒嗒的哭声,小猴子抱来了自己的布娃娃。

"小鼹鼠,我可以把布娃娃借给你!你闻,我的布娃娃有苹果的香味呢!"

可是,小鼹鼠不肯抱小猴子的布娃娃。

小乌鸦(yā)正想跟月亮说晚安呢,听到了小鼹鼠抽抽嗒嗒的哭声,小乌鸦抱来了自己的布娃娃。

## 爸爸故事时间

"小鼹鼠,我可以把布娃娃借给你!她跟你的布娃娃一样黑。"

可是,小鼹鼠也不肯抱小乌鸦的布娃娃。

小黑狗抱着布娃娃跑来了,不过,她什么也没说,围着小鼹鼠转了三圈,然后跑开了。

"小鼹鼠,我把你的布娃娃找回来了!快跟月亮说晚安吧!"过了一会儿,小黑狗回来了。

"嗯。"小鼹鼠抱着自己的布娃娃,使劲地点头。

"小黑狗,你干吗不像他们一样,抱来自己的布娃娃?"

"每个孩子都有属于自己的布娃娃呀,这是谁也没法改变的。不过,你要是乐意的话,我和你,我的布娃娃和你的布娃娃,我们可以挤(jǐ)在一起睡!"

陈梦敏/文

每个孩子都有属于自己的"布娃娃",它们陪伴着我们的孩子度过了一个又一个美好而温暖的夜晚,它是不能被替代的哟。

# 新年快乐

"教你一句话，比咒（zhòu）语还管用呢。说了它，你一定会像我这样，荷包鼓（gǔ）鼓的回来。"大魔女对小魔女说。

没错，在大魔女的面前，摆着一块蛋糕、两只手套、三根彩带、四个气球，还有很多很多……

"新年快乐？就这么简单？"小魔女有点不相信呢。不过，她决定试一试。

"新年快乐！猴爷爷！"小魔女从猴爷爷那儿得到了一块巧克力。

"新年快乐！羊奶奶！"小魔女从羊奶奶那儿得到了一朵玫瑰花。

"新年快乐！象伯伯！"小魔女从象伯伯那儿得到了一本图画书。

大魔女说的一点也没错呢！现在，我有了一块巧克力、一朵玫瑰花、一本图画书，我一定会像大魔女那样，荷包鼓鼓的回家。小魔女开心地想。

迎面走来了一只小狮子。

"新年快乐！"小魔女冲着小狮子大声说。

小狮子会送给她什么呢？

## 爸爸故事时间

然而，小狮子只是噘（juē）着嘴说："我不快乐，没有人肯跟我玩。他们说我是一只可怕的狮子。"

"我不怕，我跟你玩。"小魔女说着，把玫瑰花插在了小狮子的头发里。

他们一边吃巧克力，一边看图画书。接下来，他们比赛打滚，用树叶吹口哨、用泥巴搭房子……

其实小狮子一点也不可怕，他有趣极了。

"我该回家了！"月牙儿出来了，小魔女留下了那本图画书，跟小狮子道了别，急急忙忙往家里飞。

"怎么？你的荷包……"大魔女见到两手空空的小魔女，惊讶极了。

"里面什么也没有。可是，我的心里，却被一个朋友塞得满满的。"小魔女心满意足地微笑着。

"一个朋友？心里满满的会是什么样的感觉呢？"大魔女嘀（dī）咕着。

"新年快乐！大魔女！"小魔女笑嘻嘻地伸出手来拥抱了她，"就像这样呀——暖暖的、软软的、甜甜的！"

陈梦敏/文

蛋糕和巧克力好甜呀，彩带和气球也好漂亮呀。可是有什么能比得上一个朋友给自己带来的温暖呢？小朋友，你有朋友吗？和朋友在一起是不是很快乐呢？

# 我也要刷牙

今天的天气特别好,大蚂蚁高兴地领着小蚂蚁出门了。

突然,大蚂蚁停住了脚步,回头惊喜地对小蚂蚁说:"快看呀,前方有一座好高的白泥山!"

"哦,白泥山我还是第一次见呢!"小蚂蚁兴奋地跑了过去。

来到白泥山前,小蚂蚁吸吸鼻子,又挖起一块白泥闻闻说:"这座山有股甜甜的味道呢!"

"不知道这些白泥能不能吃?"说着,大蚂蚁挖起一点点白泥放进嘴巴里,"我先尝一尝,咕咚(dōng)——"大蚂蚁把白泥咽(yàn)到了肚子里。

"怎么样?"小蚂蚁吧嗒着嘴巴问。

"哎哟,肚子有点儿不太舒服,这个一定不是吃的东西!"大蚂蚁皱着眉头说。

"我放到嘴里试试,不咽下去看看怎么样?"小蚂蚁真的想知道白泥的味道呢。他挖起一点点白泥放进了嘴巴。

爸爸故事时间

不一会儿，小蚂蚁说："呀，嘴里开始冒凉风了！"

"我也试试！"大蚂蚁听了，也开始试着把白泥放进嘴巴里来回蹭（cèng）着。

"哇——放在牙齿上擦一擦，嘴巴里就有好多泡沫呀，真好玩！"大蚂蚁说。

"大蚂蚁，你的牙齿好像白了许多呢！"小蚂蚁有了新发现。

"哈哈，你的黑牙齿也不见了，现在变得好白呢！"大蚂蚁呲着牙说。

"这个白泥山真好，我们赶紧回去叫大家来！"

"好好，现在就去！"说着两只小蚂蚁跑走了。很快，两只小蚂蚁就请来了一群伙伴，大家一起喊着口号，"嗨嗨嗨"地把白泥山搬回了洞。

"咦，地上的牙膏（gāo）哪儿去啦？"一个小男孩穿着拖鞋和睡衣，手里拿着抹布，急急忙忙地跑过来。哈哈，原来小蚂蚁用来刷牙的白泥山，是小男孩不小心掉在地上的牙膏呀！

陈琪敬／文

爸爸悄悄话

小朋友，你知道白泥山是什么吗？小蚂蚁们的牙齿发生了什么变化呢？如果你每天坚持刷牙，你的牙齿也像小蚂蚁们一样，又白又健康哟！

# 哭泣的幸运草

"嗨，看这里，看我找到了什么？"一个胖嘟嘟的小男孩兴奋地大声喊。他和朋友们正在玩士兵打仗（zhàng）的游戏，这男孩正躲在一棵大树的树洞里打探着军情。听到喊声，孩子们忘记了正在玩的游戏，都朝他跑了过来。

"这只是一棵普通的小草嘛。"扮演将军的孩子说。

"就是，就是，我们继续玩。"其他"士兵"也跟着说。

"等一下，这不是一棵普通的小草，你们看，它有四片叶子，是幸运草！"胖男孩指着小草的叶子说。可是，没有人对他的幸运草感兴趣，大家都跑开继续玩游戏啦。

胖男孩把幸运草放到自己上衣的口袋里，说："希望你真的会为我带来幸运。"他又对朋友们大声喊："等等我，我也来玩！"幸运草在他的口袋里微微笑着，轻轻地说："真高兴你认出了我，我一定会给你带来幸运的。"可是，男孩着急找朋友们玩，没有听到小草的话。

爸爸故事时间

幸运草发现树上有一条大蛇正朝男孩爬来，它知道必须让男孩赶快离开树洞。男孩本来想从树上慢慢爬下来，不知怎么，两手一滑，一下就摔到了地上。男孩摸摸被摔疼的屁股，心想，还以为有了幸运草会度过幸运的一天呢，没想到这么快就摔了一跤（jiāo）。

他朝朋友们跑去，发现大家已经不玩打仗的游戏了，他们正把一块大岩石当成船，在上面玩海盗船的游戏。大家发现他跑来，有人大喊："敌人来啦，注意安全！"还有人喊："快放箭！"一阵乱哄（hōng）哄的吵嚷之后，就有人把小树枝当成箭朝他丢过来。男孩也兴奋起来，随手捡起一根大树枝当武器，嘴里喊着："冲啊！"这时，幸运草发现，树枝上趴着一只有毒的蜘蛛，于是它赶紧施展魔法。男孩突然感觉手指一阵刺痛，赶快丢掉树枝。他嘟着嘴说："怎么这么倒霉，刚才摔了一跤，现在又被树枝刺到了手！"

于是，他又继续向前跑，来到岩石前，就要往上爬。"不好，要下大雨了。"幸运草想，"得让他赶快回家才行。"幸运草又一次施展魔法。男孩眼看就要爬上岩

石了,却一下子落到了地上。"今天真倒霉(méi),我不玩了,我要回家了。"说完,他不开心地回家去了。

刚进门,他发现墙角长了一朵漂亮的小蘑菇,他想,这个蘑菇真可爱。他看到厨房灶台上,有一锅妈妈刚做的热汤。"把蘑菇放到汤里,会不会更好喝呢?"他说着就拿着蘑菇朝灶台走过去。幸运草知道那个蘑菇有毒,便用魔法让男孩被滑了一跤,手里的蘑菇一骨碌滚进了火里了。

"今天倒霉透了!"看着火里的蘑菇,男孩真的生气了。他从口袋里掏出幸运草,一下丢出窗外,大声说:"你根本不是幸运草!带着你发生了那么多倒霉的事情!"

幸运草轻飘飘地飞出窗外,无声地叹息着。这时刚好下起大雨,雨水落在幸运草的身上,它的四片叶子都湿透了,分不清是雨水,还是泪水。

张婷婷/文

**爸爸悄悄话**

男孩捡到幸运草之后,是度过了幸运的一天还是不幸运的一天呢?有时候,当我们度过了看似平凡甚至不幸的一天时,却不知是被多少幸运和幸福包围着呢。

# 石团团的晚霞世界

小男孩石团团，住在一个小山村里，他喜欢游泳、爬树、掏（tāo）鸟窝，大家都说他是一个淘（táo）气的小男孩。

当傍晚天边出现晚霞时，他躺在草地上看呀看，看得那么专注，就连蜻蜓（qīng tíng）落在了肩膀上也全然不知。他看到了一个奇异的晚霞世界，那里有花草树木，精灵飞舞。

看呀，那里有大象、山羊、斑马、袋鼠等，它们一会儿奔跑、一会儿说着悄悄话。

"你好，石团团。"一个细小的声音响起。

"谁？"正看得入迷的石团团吓了一跳。

"我是壁虎精灵。"草地上有一只红色的小壁虎正仰着头说话呢。

"你怎么是红色的呢？我还是第一次看见红色的壁虎呢！"

"我是晚霞世界里的壁虎精灵呀。"

"怎么可能？你在吹牛吧？"

"你不相信？你看见过会说话的壁虎吗？"

"那你能带我到晚霞世界中去看看吗？"

"当然,我也正需要有人帮我回到晚霞世界去呢,但你一定要找到六棵六叶草,把它嚼(jiáo)烂了,然后把汁液涂在我的尾巴上,这样我们才能飞过去。"

"太好啦,我这就去找。"一棵、两棵、三棵……六棵,终于找够了。

"快点嚼烂吧。"小壁虎催促着。

石团团把六叶草放在嘴里,差点吐了。可是,他好想到晚霞世界去看一看呀,只好忍着怪味道用力地嚼着,然后把汁液涂在小壁虎的尾巴上,石团团感觉自己像长了翅膀一样随着小壁虎向晚霞飞去。

"这可比爬树掏鸟窝好玩多了,我不是在做梦吧?"石团团咬了咬嘴唇,"哇!好疼,看来是真的。"

"嗨,石团团,欢迎你到晚霞世界里来玩。"一只红色的大袋鼠在向他打招呼呢。

"嗨,你好,大袋鼠,你怎么认得我呀?!"

"我经常在傍晚的时候看见你躺在草地上看我呀!"

"是吗?我在草地上也看见过你呢!这样说起来,我们还是老朋友呢,你能让我到你的大口袋里待一会吗?"

## 爸爸故事时间

"好啊，进来吧！"大袋鼠爽（shuǎng）快地答应了。

石团团看见小狗正在和小羊换衣服穿呢，小狗立刻变成了小羊，小羊变成了小狗。他觉得好神奇，"我要是和熊猫换衣服就会变成熊猫吗？"

"当然了，我们经常换衣服，你不是经常看见我们在天上变来变去的吗？"

小壁虎带着石团团跑到竹林里，看见熊猫正在吃鲜嫩（nèn）的竹笋（sǔn）。石团团便说要和熊猫换衣服穿，熊猫听了很高兴。换好衣服后，石团团立刻变成了一只大熊猫。而大熊猫呢？也变成了一个胖乎乎的石团团。

"石团团，快点把衣服换过来吧。如果天黑了，你就回不了家啦。"小壁虎提醒道。石团团赶忙和大熊猫换衣服，可是熊猫帽子还没有换上，天就黑了下来。这时，小壁虎在念着石团团听不懂的咒语。石团团感觉自己又变成了一片羽毛，飘到了村外的草地上。"壁虎精灵！"石团团大声喊。没有人回答。这是梦吗？可是自己手里分明拿着一顶熊猫帽子呀！嗯，世界这么大，什么事情都有可能发生。

窦晶/文

## 爸爸悄悄话

你观察过晚霞吗？奇妙的世界，奇妙的体验，让我们远离城市的喧嚣，去郊外看晚霞吧，说不定你也会遇见一只火红的小壁虎哟。

# 奇妙的坐骑

星期六的晚上，小男孩米米的表哥米拉带着自己的机器狗**兜**（dōu）兜来做客。兜兜是一位住在森林里的老爷爷送给米拉的，它可是会神奇的魔法哟。米米和米拉在一起游戏，因为太兴奋了，躺在床上翻来覆去怎么也睡不着。

月亮爬上窗户，调皮地望着米米。

"你能在天上走，真了不起！"米米羡慕地对月亮说。

"你也能在天上走，甚至能飞。"

是月亮在说话吗？不对，这个声音好像是机器狗兜兜呀。

"真的假的？"

"当然是真的啦！我可是有魔法的机器狗呀！"兜兜念起了口**诀**（jué），"多啦呢啼卡唯喊——"

瞬间窗外飞来一只大蜻蜓，"兜兜，大晚上的，你叫我来干什么？"大蜻蜓打着哈欠说，那嘴巴张得有板凳那么大。

"哎哟！好吓人！"米米倒吸一口冷气。

"你别害怕，蜻蜓**憨**（hān）厚老实，你不想坐到它的背上到天上转一圈吗？"兜兜得意地说。

# 爸爸故事时间

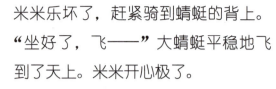

米米乐坏了,赶紧骑到蜻蜓的背上。"坐好了,飞——"大蜻蜓平稳地飞到了天上。米米开心极了。

米拉早从自己的窝里跑了出来,望着窗外,**羡慕**(xiàn mù)得直流口水,"啧啧啧!太帅了!兜兜,你可是我的机器狗呀,给我一匹**骏**(jùn)马,我也要飞起来。"

"马可不能飞,你找个带翅膀的吧。"兜兜说。

"苍蝇?不不不,太脏了。蚊子?不不不,叮人!金龟子吧!"米拉觉得金龟子挺靠谱。

"好吧!多啦呢啼卡唯喊——"兜兜一边念口诀一边在地上转圈。

"你怎么还转圈呀?"

"因为金龟子是圆形的,我就得转圈。"话音刚落,窗外停着一只超大号的金龟子,**载**(zǎi)上米拉是**绰**(chuò)绰有余。米拉嗖地一下,坐到了金龟子的背上。

"啊哈——米米,我要追上你!"米米抓紧大蜻蜓脖子上的绒毛,上下左右展开了旋风式飞翔,米拉紧随其后,远远望去,就像蜻蜓和金龟子在跳舞。

笑笑鼠从洞里钻了出来:"帅气的无敌兜兜,我也要——"

兜兜被笑笑鼠夸得不知道东南西北了,还没等笑笑鼠说要什么,就念起了咒

语 "多啦呢啼卡唯喊——"

一眨眼，一只大蝗（huáng）虫飞了过来，"坐上去吧。"笑笑鼠虽然觉得大蝗虫飞起来噪音太大，但是毕竟能飞呀，也别太挑剔（ti）了，它一屁股坐了上去，追上米米和米拉，加入到了追逐的游戏。

米妈妈被窗外的喧闹声吵醒了："呀！我不是在做梦吧，亲爱的，快醒醒！"

米爸爸睁开惺（xīng）忪的睡眼，拿起眼镜戴上仔细往窗外一瞧，"哎哟哟，不得了了，是不是外星人入侵啦？"

"快快快，打110。"兜兜听到了米爸爸正在跟110报告，急忙收回了魔法，一切都恢复了平静，他们钻进自己的被窝里，假装睡起觉来。

"没，没啦——"米妈妈指了指窗外的夜空。米爸爸一脸地疑惑。

"不知道，好像是幻觉！"米妈妈揉了揉眼睛。

"嘻嘻嘻……"兜兜、米米和米拉都偷偷地笑起来。

窦晶/文

有梦想才会梦想成真。有时候我们觉得不现实的事情，或许只是因为我们不敢想。有梦想，并为之努力争取，才是快乐的，就像在深夜翱翔的米米和米拉一样。

# 牛犊、狮子和老虎

今天又是一个大晴天。太阳公公一大早就出门了，它东瞅（chǒu）瞅，西看看，看看哪个小懒人还没起床。太阳公公已经爬上了高高的天空，咦？小牛犊怎么还在呼呼睡大觉？太阳公公急红了脸，伸出手挠挠小牛犊的咯（gē）吱窝，挠挠小牛犊的小脚丫："快起床，快起床！"

这招真管用，小牛犊最怕别人挠痒痒了，只好一骨碌爬下了床。

起床后干什么呢？小牛犊撑着下巴使劲地想。牛妈妈温柔地说："去森林里探险吧，那里有茁（zhuó）壮的大树；去草原上打滚吧，那里有芬（fēn）芳的花香。"

这可真是个好主意。小牛犊立马撒着欢儿地跑出了家门。妈妈嘱咐道："孩子，去森林里可千万要躲开可怕的老虎，去草原上可要离狮子远远的……"

小牛犊钻进了茂（mào）密的大森林，这里有他没见过的参天大树，有他没听过的鸟叫声。小牛犊玩得高兴极了，他把妈妈的话全忘了，在茂密的森林里越走越深。

"呜、呜、呜……",一阵风沙过后,一只老虎出现在小牛犊面前。这是一只只有巴掌大的老虎。他张着嘴,呼哧(chī)呼哧地喘(chuǎn)着气,看上去像一只大老虎一样威风凛(lǐn)凛。

小牛犊吓了一跳,问道:"老虎,老虎,你要吃掉我吗?"

巴掌大的老虎还是第一次碰上真正的小牛犊呢,他壮壮胆子回答道:"是啊。可是,我还小,只是一只巴掌大的小老虎。所以我只会吃你的咯吱窝。"

说着,巴掌大的老虎一下子扑到小牛犊身上,要吃小牛犊的咯吱窝。小牛犊扭来扭去,小老虎怎么也吃不到小牛犊的咯吱窝。小老虎的舌头在小牛犊的咯吱窝里蹭来蹭去,小牛犊忘记了害怕,忍不住笑个不停。小老虎看着小牛犊笑得那么开心,也忍不住笑了起来。可是,想到自己要做一只真正的老虎,小老虎又扑上去想办法吃小牛犊的咯吱窝。

### 爸爸故事时间

就这样，小老虎和小牛犊，笑一会儿，歇一会儿，打打闹闹地来到了草原上。

"呼、呼、呼……"一阵乱石飞过，一只狮子出现在小牛犊和小老虎的面前。这是一只只有拳头大的狮子。他瞪大了眼睛，呼哧呼哧喘着气，看上去像任何一只大狮子一样威风凛凛。

小老虎和小牛犊吓得立刻分开了。小牛犊问道："狮子，狮子，你要吃掉我吗？"

拳头大的狮子还是第一次碰上真正的小牛犊呢，他壮壮胆子回答道："是啊。可是，我还小，只是一只拳头大的小狮子。所以我只会吃你的小脚丫！"

说着，拳头大的狮子一下子扑到小牛犊身上，要咬小牛犊的小脚丫。小牛犊的腿踢来踢去，小狮子怎么也吃不到小牛犊的小脚丫。小狮子的舌头在小牛犊的小脚丫上蹭来蹭去，小牛犊忘记了害怕，忍不住笑个不停。小狮子看着小牛犊笑得那么开心，忍不住也笑了起来。

就这样，小老虎要咬小牛犊的咯吱窝，小狮子要咬小牛犊的小脚丫，他们打打闹闹地回到了牛

妈妈身边。

牛妈妈做了一桌子好吃的,正焦急地等着小牛犊回家呢。看到小牛犊身后的小老虎、小狮子,牛妈妈吓了一大跳。小牛犊不慌不忙地对妈妈说:"妈妈,别怕,他们都是我的好朋友!"

大家很饿了。"啊呜",小老虎一口吃掉了一个大蛋糕。"啊呜",小狮子一口吃掉了一个大面包。小牛犊也学着他们的样子,"啊呜",一口吃掉了一大碗面条。

吃饱了,小牛犊躺到了自己松软的稻草床上,准备睡觉。小老虎和小狮子东瞅瞅、西看看,这里没有他们的床。小老虎"哧溜"一声从窗口溜走了,他要回到大森林中去找他那温暖的小床。小狮子"哧溜"一下从门口跑掉了,他要回到大草原上去找他那温暖的睡袋。

小牛犊迷迷糊糊地做起了梦。他梦见自己飞过大森林,飞过大草原……

田秀娟/文

**爸爸悄悄话**

巴掌大的小老虎和拳头大的小狮子一起来挠小牛犊的痒痒,多好玩呀!童年的快乐没有禁忌,爸爸妈妈和宝宝快来一起挠痒痒吧!

# 小老鼠的怪朋友

小老鼠结识了一个新朋友米尼。

有一天,米尼来做客。"嘭(pēng)嘭嘭",他敲响了老鼠家的门。

小老鼠高兴地说:"妈妈,米尼来了!米尼来了!"

鼠妈妈看见窗户暗了下来,屋外好像挡起了一堵墙。

"鼠宝宝,他的身子好壮(zhuàng)实,米尼是一头小胖猪吧!"鼠妈妈用围裙擦了擦手。

"不是不是,他不是猪,他叫米尼。"小老鼠趴在窗口说。

"鼠宝宝,他的腿好粗,米尼是一头大河马吧?"鼠妈妈去开门锁。

"不是不是,他不是河马,他叫米尼。"小老鼠从窗口爬了下来,帮妈妈去开门。

门开了,一条长长的象鼻子伸了进来。

"天哪,是一头大象。"鼠妈妈发愁了,她不好意思地说,"米尼,咱家的门太小了,你恐怕进不来。"

"哦,让我试试!"米尼把头伸了进来,可是身子进不来了,"糟糕,让我换一个姿势。"

米尼把粗粗的腿跨了进来,可是身子还是卡在

门外:"糟糕,再让我换一个姿势。"

米尼把胖胖的屁股撅(juē)了进来,可是身子还是进不来。"糟糕,我得用我的魔法了。"

米尼把头上的小帽子摘了下来。小老鼠和鼠妈妈忽然听见"嗤(chī)——"地一声响,然后他们看

见米尼的身子渐渐地缩小了,很快就瘪(biě)了下去,瘫(tān)倒在门口。

鼠妈妈赶紧把米尼抱进了屋子,小老鼠难过地流着泪:"米尼米尼,你怎么啦?"

"没事的,在我头顶上吹吹气,我会变得跟刚才一样健壮。"米尼气喘吁吁地说。

鼠妈妈笑了:"鼠宝宝,你的朋友可真特别。米尼是一头充气的小象。"鼠妈妈拿来一个充气筒,给米尼打起气来。

米尼地渐渐恢复了原来的样子,只是小老鼠家里显得有点拥挤了。

许萍萍/文

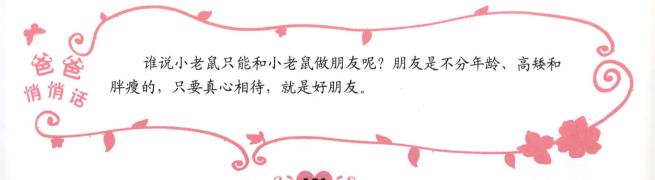

谁说小老鼠只能和小老鼠做朋友呢?朋友是不分年龄、高矮和胖瘦的,只要真心相待,就是好朋友。

# 小松鼠的梦想

"任何人都有一个梦想。"小松鼠合上手中只看了个开头的书,陷入了沉思:我的梦想是什么呢?小松鼠想啊想,怎么也想不出自己有什么梦想。做一个没有梦想的人,是多么没有意思的一件事啊。整整一天,小松鼠都为这件事情而愁眉不展。他想,还是出去问一问朋友们吧。

小松鼠来到大树下,从胸前的口袋中掏出一把松子,向小鸟说道:"小鸟,小鸟,我把松子送给你,请你送我一个梦想吧。"

小鸟摇摇头:"可是,我只有一个梦想啊。我的梦想是当一名飞行冠军。"小鸟拍拍翅膀飞远了。

"当一名飞行冠军?"小松鼠挥了挥自己的短胳膊,沮(jǔ)丧地叹了口气,"这个梦想不适合我。"他继续向前走去。

小松鼠来到小河边,从胸前的口袋中掏出一把松子,向小青蛙说道:"小青蛙,小青蛙,我把松子送给你,请你送我一个梦想吧。"

小青蛙摇摇头:"可是,我只有一个梦想啊。我的梦想是当一名游泳健将。"小青蛙蹬(dēng)蹬后腿游走了。

"当一名游泳健将?"小松鼠低头看了看自己的小短腿,无奈地摇了摇头,"这个梦想不适合我。"他失望地继续向前走去。

"骨碌碌",一个足球滚过来了。小松鼠赶快追上去,从胸前的口袋中掏出一把松子,向小足球说道:"小足球,小足球,我把松子送给你,请你送我一个梦想吧。"

小足球摇摇头:"可是,我只有一个梦想啊。我的梦想是环游世界。"小足球打着滚儿,急急忙忙赶路去了。

"环游世界?"小松鼠摇了摇自己的大尾巴,难过地低下了头,"这个梦想也不适合我。"他失望地在草地上坐了下来。

小松鼠低头看看怀中的松子,自言自语道:"小松子,你们也有自己的梦想吗?"

一阵细细碎碎的声音响起来,小松子们争先恐后地说道:"有啊,有啊,我们的梦想是长成一棵大松树。"

**爸爸故事时间**

小松鼠想了想,说:"让我来帮你们实现梦想吧。"

整整一天,小松鼠都忙着挖坑、种松子。以后的每一天,小松鼠都坚持来给松子们浇水、捉虫。

春天过去了,小松子们发出了绿绿的小芽。夏天来到了,小松子们长成了绿绿的小苗。光秃秃的山头被绿油油的松树苗装扮得漂亮极了。每个路过的小动物都会停下来赞叹:"这是谁种的啊?真美!"

小松鼠悄悄地躲在一边,他幸福地想:原来帮助别人实现梦想是一件这么快乐的事情。我终于找到自己的梦想啦!

田秀娟/文

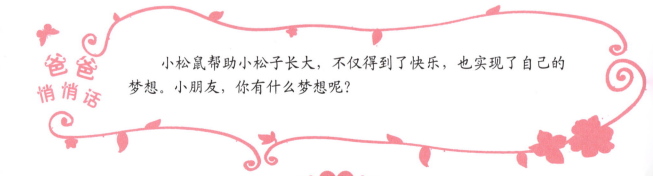

爸爸悄悄话

小松鼠帮助小松子长大,不仅得到了快乐,也实现了自己的梦想。小朋友,你有什么梦想呢?

# 最漂亮的圣诞树

圣诞（dàn）节的前一天，鼠先生带着家里所有的积蓄（xù）去镇上，他想买一棵漂亮的圣诞树和一些有趣的礼物来送给他的太太和四个孩子。

但就在鼠先生快到达商店的时候，从路口突然窜出来一只大野猫。大野猫把鼠先生的钱袋给抢走了。

鼠先生非常伤心，他回到家里，什么话都不想说，独自待在房间里生气。

圣诞节的清晨很快就来临了。四个鼠孩子跟往常一样去邻居家窜门，他们发现家家户户的小院里都站着一棵挂满礼物的圣诞树。

啊，兔子家的圣诞树好漂亮，许多礼物"叮叮当当"地在树上摇晃着。

猴子家的圣诞树更神奇了，上面挂着一个穿红衣服的圣诞老人，背着一个大大的礼物袋。

……

"说不定我们家院子里也有一棵美丽的圣诞树了呢？"四个鼠孩子这样想着。

可是，他们回到家，却发现什么都没有。

小老鼠们哭了起来："我要圣诞树，我要漂亮的圣诞树。"

## 爸爸故事时间

鼠妈妈很为难,不过很快她就有了一个好主意。

鼠妈妈开心地对鼠孩子说:"亲爱的孩子们,到月亮出来的时候,我们会有一棵美丽的圣诞树的,它会是一棵最美丽的圣诞树。"

鼠妈妈说完,到院子里找了一些干草。她用颜料把干草染(rǎn)成了绿色。

小老鼠们很好奇,也一起来帮忙,他们觉得给干草染颜色真是一件快乐的事。

染好了颜色,鼠妈妈又在储藏室里找出一个布袋,布袋里放着小老鼠更小的时候穿过的旧衣服,还有一些纽(niǔ)扣、小珠子和各种颜色的毛线。鼠妈妈把它们整理出来,用剪刀把旧衣服剪成各种形状,用毛线把珠子串起来。

小老鼠们很好奇,也一起来帮忙,他们觉得缝缝剪剪真是一件好玩的事。

月亮升起来了,鼠妈妈说:"我们的圣诞树马上就要出现了,来吧,孩子们,让我们给树枝穿上漂亮的衣服吧。"

于是,他们把绿干草挂在了门前一棵小树的树杈(chà)上,把做好的小袜子、圣诞帽、小项链、小卡片挂在了树枝上。呀,一棵非常美丽的圣诞树出现啦!月亮出来了,照在绿色的草地和彩色的珠子上,发出一闪一闪的光芒,可漂亮啦。

"多漂亮的一棵圣诞树呀!"小老鼠们高兴极了:"这是我们自己亲手做的圣诞树,是世界上最漂亮、最神奇的圣诞树。"

这时候,鼠爸爸从房间里出来了,看起来他的精神非常好。更让人惊喜的是,鼠爸爸竟然还做了礼物——给鼠妈妈的是一条种(zhǒng)子项链,给小老鼠们的是一辆木头小推车。

"出发啦!"晚饭后,老鼠妈妈和小老鼠们坐上了小推车,鼠爸爸推着他们,在院子里愉快地奔跑。

这一个圣诞夜,老鼠一家过得快乐极了!

许萍萍/文

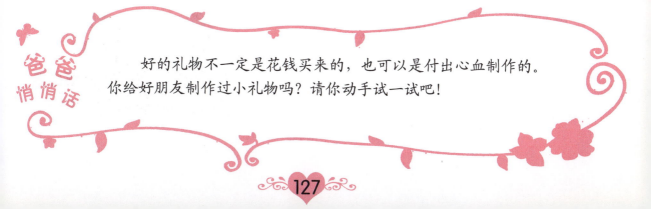

好的礼物不一定是花钱买来的,也可以是付出心血制作的。你给好朋友制作过小礼物吗?请你动手试一试吧!

# 蛋宝宝

每一天清晨，袋鼠西米都想到外面去呼吸一下新鲜空气。她跳呀跳呀，跳在树林的小石径（jìng）上。不远处的一棵大树下，躺着一颗有小斑点的蛋。

"准是哪个粗心的鸟妈妈，把蛋落在这里了。"西米捡起蛋，放进胸前的大口袋。

袋鼠西米跳呀跳，跳过了树林，来到一条小溪边。岸上的小碎石上，躺着一只淡青色的蛋。

"准是哪个鸭妈妈，把蛋落在这里了。"西米捡起蛋，放进胸前的大口袋。

袋鼠西米跳呀跳，跳过小溪，来到一个稻草垛（duò）旁。就在那里，西米又看见了一个蛋，这是一个粉红色的蛋。

"这一定是鸡妈妈的蛋。"西米捡起蛋，放进胸前的大口袋。

西米深深地吸了一口新鲜的空气后，准备回家了。

"这回，我得跳得慢一点。我要找一找蛋宝宝的妈妈，我还要小心不让蛋宝宝们被碰坏。"西米一边用手捂（wǔ）着蛋宝宝，一边东张西望轻轻地跳着。

草垛旁,她没有看到鸡妈妈。小溪边,她没有见到鸭妈妈。大树下,她也没有碰到鸟妈妈。

"那就等明天再来找吧。"西米轻轻地跳呀跳,跳回了家。三个蛋宝宝一直躺在她暖和的大口袋中。

第二天,第三天……好多天过去了。西米都没有找着蛋宝宝们的妈妈。怎么办呢?她只好一直把蛋宝宝小心地捂在她的大口袋里。

终于有一天,"叽啾叽啾","呷(gā)呷呷呷""叽叽叽叽",从西米的口袋里传出小鸟、小鸭和小鸡的叫声。

啊!蛋宝宝们在西米暖烘(hōng)烘的口袋里长大了,他们好奇地探出小脑袋来。

鸟妈妈、鸡妈妈和鸭妈妈听到孩子们的欢叫声,都赶了过来。

"谢谢你,小袋鼠西米!"妈妈们领回了自己的宝宝,她们都很感激西米。

三个小宝宝也非常喜欢西米,他们常常和西米一起玩,还亲切地叫她:"西米姐姐,西米姐姐!"

许萍萍/文

小朋友,你会经常和爸爸妈妈一起出去散步吗?当我们散步的时候,请多留心身边和脚下,也许有需要我们帮助的朋友哟!

# 好事一箩筐

有一只小兔子，长得圆滚滚的，经常戴着一顶西瓜帽，所以大家都叫她西瓜兔。

新年快到了，西瓜兔想准备一些礼物给大家。她听说好事情会让人很快乐，于是，就背起一个大**箩筐**（luó kuāng）去收集好事情。

西瓜兔戴着西瓜帽、背着大箩筐，来到树林里，看到树洞里的小松鼠，便问道："小松鼠，你有好事情吗？"

"好事情？真是**糟**（zāo）透了，我没有好事情，我忘记把松果藏在哪里了！"

"这是好事情呀，你东找找，西找找，既能找到松果，又锻炼了身体，抵御了寒冷，多好呀！"

小松鼠说："既然你认为是一件好事情，那你就收起来吧。"

西瓜兔把这个好事情收到箩筐里。

然后她来到小河边，对着冰下河底的小鱼喊道："小鱼小鱼，你有好事情吗？"

"好事情？没有！冰雪不融化，我不能到河面上玩耍。"小鱼无奈地说道。"呵呵，这是好事情呀，冰下多暖和呀，在严寒的冬天里，你躲过了寒冷的北风，春天来的时候，冰雪融(róng)化，你就长大啦。"

"如果你认为这是一件好事情，那你就收集起来吧！"小鱼急忙躲进厚厚的冰层下面。西瓜兔又把这个好事情收到箩筐里。

她来到村子里，问小鸭子："小鸭小鸭，你有好事情吗？""嘎嘎嘎，有的，有的，我的脚掌大，滑起雪来，帅(shuài)极啦。"西瓜兔急忙把这个好事情收到了箩筐里。她又来到山坡上，问小牛："小牛小牛，你有好事情吗？""哞哞(mōu mōu)，有的，有的，每天都有白雪干草午餐，好吃极啦！"

就这样，西瓜兔忙乎了半个月，收集了一箩筐的好事情，她把这些好事情都记了下来，在新年夜里讲给大家听。哈哈哈，小动物们乐坏了，西瓜兔的这个新年礼物可真特别呀！

窦晶/文

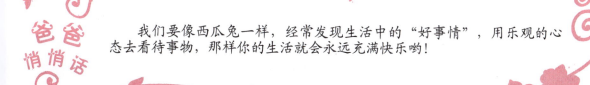

我们要像西瓜兔一样，经常发现生活中的"好事情"，用乐观的心态去看待事物，那样你的生活就会永远充满快乐哟！

# 大口袋兔子

星期天，小兔子奇奇要独自去森林里旅(lǚ)行，出发前，兔妈妈把他叫到跟前说："孩子，我给你做了一件衣服，后背缝了一个很大的口袋，这个口袋里装满了妈妈的爱。"

"谢谢妈妈！"奇奇快乐地和妈妈告别。他走啊走啊，遇见了小猴子米亚。

"奇奇，你的衣服真特别，那个大口袋是干什么的呀？"小猴子米亚问。

"这里面装着我妈妈的爱！"

"我看看，没有呀，什么也没有！空空的呢。"小猴子米亚在里面翻找了一通，失望地说。

"有的，有的，这里面是妈妈的爱。"

这时候，鹿伯伯拄着拐杖走了过来，看了看说："这个口袋真特别，好想往里面装些东西呀！"鹿伯伯摸了摸裤兜(dōu)，抓出一把松子放进了奇奇的大口袋里。

小猴子米亚看了看说:"哦,的确很特别,我摘几个桃子放进去吧。"

奇奇谢过鹿伯伯和米亚,继续赶路,走呀走呀,他遇见了小松鼠乐乐。

"奇奇,你后背的大口袋好特别呀,我看看都有什么?"小松鼠乐乐说。

"看吧,看吧,有你需要的就拿走吧。"

"哦,天啊,这里有松子呀,我拿一些好吗?"

"好的,拿去吧。"奇奇大方地说道。

"我今天捡到一个胡萝卜和一束花,放进你的大口袋里吧。"

"好的,好的。"奇奇告别了小松鼠乐乐,继续向前走。路上又遇到了小刺猬欢欢。

"奇奇,你的大口袋可真特别,我看看里面都有什么?"

"看吧,看吧,有你需要的就拿去。"奇奇**爽**(shuǎng)快地说道。

小刺猬欢欢拿出一个大桃子:"这个桃子水灵灵的,我拿回家去跟哥哥一起分享吧。"

"好的,好的!"

**爸爸故事时间**

"我今天摔了一跤,身上扎(zhā)满了野果子,放到你的大口袋里一些吧。"

"好的。"奇奇告别了小刺猬欢欢,在月亮爬上枝头的时候,回到了家。

奇奇从大口袋里拿出胡萝卜当作晚餐,又把鲜花放在床头:"哦,这个夜晚真美好。"

森林里的小动物们都知道了奇奇有一个缝着大口袋的衣服,都管他叫"大口袋兔子",他们经常把自己多余的东西放进去,也经常会在里面发现自己需要的东西。小昆虫们还经常去那里躲避(bì)风雨呢。

奇奇成了森林里最受欢迎的兔子,他的朋友遍布森林里的每一个角落。奇奇终于明白,这个装满妈妈的爱的袋子有多么神奇了!

窦晶/文

**爸爸悄悄话**

奇奇的大口袋不仅装满了妈妈的爱,也装着森林里小动物们的爱。妈妈不仅给了奇奇一个大大的口袋,还给了奇奇一大群好朋友,不是吗?

# 老奶奶的小花伞

伞铺子里的一把小花伞静静地等待着。等待着来买她的人,等待着下雨天,等待着小雨点"滴答滴答"地敲打在她身上,凉凉的、湿湿的。噢,那个时刻该有多么美妙呀!

一天,一个女孩把小花伞买走了。那天外面下着雨,但女孩却没有打开小花伞。她披上了一件透明的雨衣,把装在塑料盒子里的小花伞送到了邮局。

小花伞就这样来到了老奶奶的家。老奶奶手捧着小花伞**喃喃**(nán nán)自语:多好的小花伞呀,跟我的孙女一样漂亮。老奶奶小心地把小花伞放进了一个柜子里。

几天后,小花伞听到外面传来"**淅淅沥沥**(xī xī lì lì)"的声音。哦,是下小雨了呢。

老奶奶打开柜子,把她取了出来。

爸爸故事时间

"真好！奶奶要出门去了，她会撑起我，然后雨点会轻轻地敲打着我……"小花伞高兴地想着。

可是老奶奶说："多漂亮的一把伞呀，奶奶舍不得用呢。"老奶奶用一双枯枝一样的手轻轻地摸了摸小花伞，然后又把小花伞放回了柜子里。

"唉！"小花伞长长地叹了口气，但是老奶奶没听见。老奶奶取下挂在墙上的斗笠(lì)，戴在头上出了门。

"的笃(dǔ)的笃！"，那是雨点敲打在斗笠上的声音，清脆又响亮。小花伞觉得那顶斗笠真幸福！

又过了几天，外面响起了"哗啦哗啦"的声音。哦，像是在下暴雨呢，雨声那么大，那么吓人。老奶奶又把小花伞从柜子里拿了出来。

"这么大的雨，那顶斗笠派不上用场了。天哪，我好幸福！"小花伞开心极了。

可是老奶奶说："这么大的雨，奶奶更舍不得用你了，你看，你和我的孙女一样娇嫩(jiāo nèn)。"

老奶奶仍然用她的手轻轻地摸了摸小花伞，然后把她放回了柜子。

老奶奶找来一把破旧的伞，她望着伞面上的几个小**窟窿**(kū long)说："这把伞虽然破了点，但是比斗笠要强多了。"

老奶奶撑着破旧的伞出门了。可是回来的时候，她整个人都湿**漉**(lù)漉的，到了晚上就病倒了。

老奶奶的孙女从城里赶来，心疼地哭着："奶奶，您怎么这么不爱惜自己呢？我不是给您买了伞吗？以后，您可一定要用啊！"老奶奶答应了。

又下雨了，老奶奶从柜子里取出小花伞，撑开了她。蓝色的伞面上白色的百合**恬**(tián)淡地盛开着，雨点"滴答滴答"地落下来，小花伞开心极了。不过现在对她来说，能为老奶奶遮风挡雨才是最幸福的。

许萍萍/文

**爸爸悄悄话**

对于小花伞来说，能为老奶奶遮风挡雨比好看更能让她感到幸福。所以，如果我们能为别人做点什么，一定也是件很幸福的事。

# 蝴蝶结你别跑

星期天一大早,兔妞妞就开始忙活了,洗一个香香的澡,穿上漂亮的花裙子,梳(shū)好洁白柔软的毛发……原来呀,她要去参加咪咪熊的生日聚会。

兔妞妞在镜子前左照照、右瞧瞧,哈哈,不错哟。可是好像还缺少点什么,蝴蝶结,对,就是蝴蝶结!要是在头顶上别一个漂亮的蝴蝶结就好了。

赶紧去买吧,兔妞妞来到商店,今天是星期天,白鹅姐姐的商店还没开门呢,怎么办呢?

"兔妞妞,你打扮得这么漂亮,干什么去呀?"一只蝴蝶飞过来问。

"我要买一个蝴蝶结戴(dài)上,去参加咪咪熊的生日聚会,可是商店还没开门呢,唉!"

"哦,原来是这样啊。"小蝴蝶一脸地同情。

兔妞妞眼前一亮:"小蝴蝶,你当我的蝴蝶结好吗?落在我的头顶上。"

"好呀,好呀,我正好也想看看咪咪熊的生日聚会呢。"

小蝴蝶落在了兔妞妞的脑袋上,真漂亮!

兔妞妞戴着好看的"蝴蝶结"来到了咪咪熊的家,小小猪、乖乖狗、摆摆鸭、蹦蹦鼠都在这里,他们正开心地跳舞(wǔ)呢。

"兔妞妞,欢迎你,你的蝴蝶结真漂亮啊!借我戴一下!"说着,小小猪就去抓兔妞妞的蝴蝶结。小蝴蝶一闪身躲开了,落在了兔妞妞的小裙子上。

"哈哈,兔妞妞的蝴蝶结会跑呀!"

"借我戴一下,借我戴一下!"大家你推着我,我推着你,争着去抓会跑的"蝴蝶结"。

"哎呀呀,咪咪熊,我忘记给你带礼物了。"兔妞妞一拍脑袋,才发现忘记了一件事。咪咪熊呵呵地笑着,"没关系,你的蝴蝶结让大家这么快乐,就是最好的礼物。"

小蝴蝶一会飞到乖乖狗的头上,一会又落在蹦蹦鼠的尾巴上,"蝴蝶结,你别跑,蝴蝶结,你别跑……"大伙儿快乐地叫着,闹着,好一个快乐的生日聚会呀。

窦静/文

**爸爸悄悄话**

兔妞妞头上的"蝴蝶结"是什么做的呢?她送给咪咪熊的生日礼物是什么?"蝴蝶结"不仅让兔妞妞更漂亮了,还给大家带来了快乐呢!

# 温暖的冬天

枯黄的树叶一点点被冷风吹落,熊妈妈说:"哦!冬天要来了,我们得多吃一些食物。"

过了几天,北风从门缝里呼呼地钻进来,熊爸爸说:"哦!冬天马上就要到了!我得把窗缝糊好。"

一个清晨,熊宝宝被**耀眼**(yào yǎn)的白光惊醒,睁开眼睛一看,窗外白茫茫的一大片,雪下得好大呀,门都被堵得严严实实的啦。"哦!妈妈,冬天真的来啦!我们怎么办?"

"冬天来了不可怕,我们有办法对付它!"熊妈妈说。

上午,熊爸爸、熊妈妈、熊宝宝洗了一个热水**澡**(zǎo),吃了美味的点心。

下午,他们把房间收拾得干干净净,把被子都搬到了床上。

傍晚,熊妈妈做了一顿丰盛的晚餐,熊爸爸和熊宝宝吃的肚子圆滚滚的,熊妈妈比平时多吃了两倍的食物。月亮升起来了,熊妈妈用被子围了一个大被窝。

熊爸爸把温暖的大手放在熊妈妈的手

上，熊妈妈把柔软的手放在熊宝宝的小手上；熊爸爸把大脚放在熊妈妈的脚上，熊妈妈把暖暖的脚放在熊宝宝的小脚丫(yā)上。

熊宝宝躺在熊妈妈温暖的怀里，熊妈妈躺在熊爸爸温暖的怀里。熊爸爸开始讲故事，讲了一个又一个，熊宝宝呼呼地睡着了，熊妈妈和熊爸爸也呼呼地睡着了。

不知道过了多久，熊宝宝醒来了。他推推爸爸，又推推妈妈，大家都醒来了，窗外暖风吹拂(fú)着，鸟儿在欢快地歌唱。

小熊跑出门去，"哦！小鸟，你知道我过了一个多么温暖的冬天吗？我还做了一个暖融融、甜蜜蜜的梦呢！"

"啾(jiū)啾啾——"小鸟说，"这个美梦足足做了一个冬天，你真幸福！"

窦晶/文

**爸爸悄悄话**

冬天来啦，小熊一家抱在一起冬眠。一个甜美的梦一做就做到了春天，真幸福！还有哪些动物会冬眠呢？你知道吗？

# 叮叮当当熊

森林小屋里，住着熊的一家。熊爸爸、熊妈妈，还有四只可爱的小熊。他们是——奶油熊、核(hé)桃熊、栗子熊和蜂蜜熊。

不过有时候，熊爸爸和熊妈妈也会称他们：画画熊——奶油熊喜欢画画，她画的画最漂亮；唱唱熊——核桃熊喜欢唱歌，他唱的歌最好听；跳跳熊——栗子熊喜欢跳舞，她跳起舞来，轻盈得像只小天鹅；而蜂蜜熊却是一只顶顶顽(wán)皮的小熊。他不会画画，不会唱歌，也不会跳舞。

那么，他会干什么呢？

"他只会搞破坏！"熊爸爸气呼呼地说。

"他是一只最淘(táo)气的小熊!"熊妈妈气呼呼地说。

奶油熊、核桃熊和栗子熊也气呼呼地说:"他是一只破坏熊!"

是的,大部分时候,熊爸爸、熊妈妈和其他三只小熊会叫蜂蜜熊:破——坏——熊——

每天早上,熊爸爸都会用剃(tì)须刀剃胡子。"嗤啦——"剃须刀在工作的时候,会发出奇怪的声音。

"那里面到底有什么?是什么在发出声音呢?"蜂蜜熊总是很好奇。

终于有一天,他趁爸爸不注意,拿来一把小锤(chuí)子和一个小镊(niè)子,然后偷偷地给剃须刀做了个大手术。

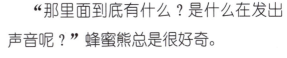

哇——里面有这么多小东西啊?发出声音来的又是哪一个呢?蜂蜜熊看完这个零件,又看那个零件,老半天也弄不明白到底是什么东西会发出声音来。

"蜂蜜熊!你这样做,剃须刀就不会工作了!"熊爸爸很生气。

蜂蜜熊说:"可是亲爱的爸爸,我并没有想弄坏它啊!"

熊妈妈在厨房里忙着做菜,蜂蜜熊有时候会偷偷地溜进厨房。

白白的面粉如果放进红色的颜料,就会做出来红色的面包吧?如果放进绿色的颜料呢?蓝色的颜料呢?

**爸爸故事时间**

蜂蜜熊为自己的这个想法感到无比自豪(háo)，他找来画画熊最最心爱的颜料盒，把红色挤出一点放进面粉里，把绿色挤出一点放进面粉里，把黄色挤出一点放进面粉里……

五颜六色的面粉真漂亮，妈妈看了一定会特别开心。

可是——

熊妈妈生气了："你这个专门搞破坏的小熊，太淘气了！"

画画熊看到自己心爱的颜料都被蜂蜜熊弄得乱七八糟，"哇——"地大哭起来："你是一只坏小熊！"

其实，蜂蜜熊一点儿都不想搞破坏，他只是想弄明白一些事情。你看，他在玩颜料的时候，发现红色加上黄色，会变成橘(jú)色……玩水的时候，蜂蜜熊发现，戳(chuō)了小洞洞的塑料瓶，变成了一只好玩的洒水壶，可以用来浇花，可以给玩具小鸭冲个澡……大纸盒、小纸盒连一连——呜呜呜，一辆火车开来了！

易拉罐做成了小花盆，爱花的熊妈妈种上了美丽的花；也可以给爸爸做个烟灰缸；还可以做成**储蓄罐**(chǔ xù guàn)，四只小熊一人有一只，"哗啦哗啦"摇一摇，看看谁的零钱多。

儿童节那天，蜂蜜熊送给画画熊一个漂亮的笔筒，送给唱唱熊一个可爱的相框，他还特意给同桌的小兔子做了一条漂亮的**贝壳**(bèi ké)项链，就连跳跳熊参加演出的南瓜帽、丝瓜鞋也是蜂蜜熊做的呢。

更了不起的是，那天，蜂蜜熊被评上了幼儿园的小小发明家。

那么现在，叫他发明熊怎么样？

"不行不行，叫我'叮叮当当熊'！"

这会儿，我们可爱的叮叮当当熊正在叮叮当当地敲打东西，他又有了什么新发明呢？

许萍萍/文

**爸爸悄悄话**

"破坏熊"给妈妈做了小花盆，给爸爸做了烟灰缸，给四只小熊每人一只储蓄罐，它真的是一只淘气的小熊吗？当然不是——其实它是个小小发明家哟！

# 天上飘来一块布

小浣(huàn)熊巴拉最喜欢晒太阳了,瞧,今天他又躺在了草地上。暖暖的阳光照在身上,好舒服呀,晒一晒呀晒一晒,巴拉舒服得都要睡着了。

可是,就在这时,"噗(pū)——"一个什么东西盖在了他的脸上。

巴拉急忙用手划拉一下,睁开眼睛一看,嗬,原来是一块看上去灰扑扑的布。

"谁的布?谁的布?"他站起身向四处看,可是附近一个人也没有。

他拿着布仔细看了看,忽然,巴拉发现这块布虽然看上去有点脏兮兮的,但是上面好像有些光在闪耀(yào)着。

"把布洗干净能不能好点呢?"巴拉想。

他来到河边,把布浸到水里,轻轻地揉了几下,呀——灰布变成了白色;再洗洗,布变成淡淡的绿色;又搓了搓,布变成了淡淡的蓝色,而且在一点点地加深……

"这真是一块神奇的布！"巴拉把布从水里捞起来，晾到了一片玫瑰花丛上。

"巴拉，你在干吗？"这时，野猪大叔走了过来。

"我在晾（liàng）一块神奇的布！"巴拉指着玫瑰花上的布说。

"神奇的布？我看看！"野猪大叔看向那块布。

突然，他惊叫起来："这布怎么会一点点地变大呢？"

"是吗？"巴拉也瞪（dèng）大了眼睛，可不是，布真的在一点点地变大！

布有毛巾那么大了……

布有桌布那么大了……

布有草坪那么大了……

"我们快点把布卷起来吧，不然它会把整片森林盖住的！"野猪大叔有点担心了。

"不用，不用，我们把大家叫来，一人裁点布做件衣服一定不错！"巴拉有了更好的主意。

"好，好！"野猪大叔点点头。

## 爸爸故事时间

巴拉喊来了森林里的小伙伴们，你裁(cái)一块，我裁一块，最后布被剪到了原来手帕的大小。

"我摸摸！"小刺猬是最后赶到的，虽然没裁到布，可是好想摸一摸。

谁知道"噗——"那块布躲开了小刺猬的手，好像怕被他身上的刺扎到一样，竟向天上飞去，而且越飞越高……

"我真想知道，这块是什么布？"小浣熊说。

"也许是一块蓝天吧？"小刺猬望着蓝色的天空说。

"对呀，对呀！一定是块蓝天，不然，它怎么会是蓝色的，还会变大，会闪光呢？"巴拉很同意小刺猬的想法。

只是，不管是蓝天也好，白云也好，森林里的小动物们穿上用那块布剪裁的衣服后，走起路来都轻飘飘的，就像踩(cǎi)在云里一样呢！

陈琪敬/文

### 爸爸悄悄话

把蓝天当成布，做出一件件漂亮的衣服，穿在身上走路都轻飘飘的，这是一件多么美妙的事情啊！小朋友，如果给你一块蓝天布，你想用它来做什么呢？

# 甜萝卜苦萝卜

春天来了,暖融(róng)的阳光洒在草地上,洒在小河里。小白兔和小灰兔来到郊外,它们在柔和的春风中跑呀跑,尽情地享受着好天气。

忽然,小白兔被什么东西绊(bàn)了一下:"哎哟哟,这是什么?差点把我绊倒了。"它低头一瞧,好奇怪,有一包东西躺在草地上。"小灰兔,快来看看这是什么?"它叫道。

小灰兔急急忙忙跑过来,围着这包东西转了两圈,大声问:"喂!你是什么?"

它们没有听到回答。

"哎呀呀,看来它不会说话,我们打开看看吧。"它们打开绿色的包装纸,发现里面还有一层红色的包装纸;打开红色的包装纸,发现里面有一个用黄色包装纸包的小包和一个用粉色包装纸包的小包,真有意思!是什么宝贝要包得这么严实呢?

### 爸爸故事时间

　　它们小心翼翼(yì)地打开黄色的包装纸，里面是十粒萝卜种子，又打开粉色的包装纸，里面也是十粒萝卜种子。"我们一人一包拿回家去种吧。"小白兔说。

　　"好啊，好啊，也许这是春姑娘给我们的礼物呢。你选哪一包呢？"小灰兔问。

　　小白兔说："我要粉色的吧，它和我的蝴蝶结是一样的颜色。"

　　小白兔和小灰兔分别把十粒萝卜种子种在地里，过了七天，有小嫩芽(nèn yá)从土里冒出来了。

　　"我的小嫩芽长了两片叶子，我今天给它们浇了水。"小灰兔给小白兔打电话。

　　小白兔说："我的也是。"

　　又过了七天。"我的萝卜长了四片叶子，我今天给它们松了松土。"小白兔给小灰兔打电话。

　　小灰兔说："我的也是。"

　　它们在电话里"呵呵呵"地笑着。

"我的萝卜一定是大红萝卜,大甜萝卜。"

"我的萝卜一定也是大红萝卜,大甜萝卜。"

它们好期待,好期待。松土、施肥、浇水、捉虫……每天都不停歇。

秋天来了,小灰兔邀请小兄弟们来拔萝卜,一二三……拔呀拔,大红萝卜从泥土里钻出来啦,吃一口,好甜好甜。

小白兔邀(yāo)请小姐妹们来拔萝卜,一二三……拔呀拔,大红萝卜从泥土里也钻出来啦,吃一口,啊!好苦好苦。

"呜呜呜,为什么我的萝卜这么苦?"小白兔好伤心,"我是一样用心去种我的萝卜的呀,为什么我的萝卜是苦的呢?"小白兔怎么都想不通。它红着眼睛去问牛伯伯。

听了小白兔的哭诉,牛伯伯语重心长地说:"孩子,这不是你的错呀。也许苦萝卜有苦萝卜的好处,即使是苦萝卜,你也要珍惜,毕竟是你辛勤(qín)劳动的结果。"

**爸爸故事时间**

小白兔琢磨着牛伯伯的话，回家了。它守在十颗苦萝卜旁边，喃喃(nán)自语，"苦萝卜呀，苦萝卜，你能告诉我你究竟有什么作用吗？"苦萝卜们红着脸，没有回答。

天冷了，好多小兔都感冒了，咳咳咳，鼻涕(tì)流得好长好长，嗓子好疼好疼。小白兔看见姐妹们生病了，好心疼呀。它忽然眼前一亮，想到了自己的苦萝卜，俗话说"良药苦口"，说不定我的苦萝卜就是良药呢。于是，它切了一小块苦萝卜给生病的妹妹吃。小妹妹的嗓子不疼了，再吃一块，也不咳嗽(sòu)了。

哈哈，原来我的苦萝卜能治病呀！

窦晶/文

**爸爸悄悄话**

甜萝卜大家都爱吃，可是苦萝卜就真的没有用吗？瞧，苦萝卜还能治病呢！任何东西都有它的作用，请珍惜我们所拥有的东西哟。

# 生病的安妮

"哎呀，怎么这么烫！"妈妈摸着安妮的额(é)头说。"体温太高了，快带她去医院吧。"爸爸皱着眉头看着手中的体温计。他们抱起生病的安妮，手忙脚乱地帮她穿好衣服出门去了。

大门刚一关上，屋子里就热闹起来。"安妮好像病得很重呀。"桌上的玩具熊说。"是呀，她的额头热得吓人！"躺在安妮枕(zhěn)边的公主娃娃说。"安妮现在一定很难受，真担心她。"一个头戴花环的电动娃娃说。

"我们去医院看看她吧！"公主娃娃提议(yì)。"我们怎么出去呢？"玩具熊问道。"你们抓住我，从窗子跳出去，一定没问题的。"这是小花伞的声音。

## 爸爸故事时间

"可是天已经黑了，我们会走丢(diū)的。"一只用布做的小狗担心地说道。电动娃娃说："别怕，我头上的花环和手中的花束都是可以发光的，我们一定能找到路。"

于是，大家撑开小花伞跳出窗外，轻飘飘地落到地上，谁都没有受伤。电动娃娃打开身上的开关，花环和花束发出彩色的光，小花狗、玩具熊还有公主娃娃都跟在他身后。这条路真远啊，小花狗踩到地上的小水坑，浑(hún)身都被弄湿了，公主娃娃被小石子绊倒，摔进了草丛里，粉红色的裙子沾上了泥土，但是这又有什么关系呢？他们太担心生病的安妮了。

又走了一段时间，电动娃娃发出的光越来越弱，大家渐渐地看不清路了。"糟糕，电池没有电了。"电动娃娃拨动着开关，可是发不出一点儿光了。

"别怕，大家跟我走！"小花狗虽然不是真的小狗，不过嗅觉倒还不赖(lài)。于是，由小花狗领路，玩具熊、电动娃娃、公主娃娃跟在它的身后，继续向前走。

"你们看！"公主娃娃兴奋地指着前面的一座大楼。"是医院！我们到喽！"大家都欢呼起来。"我们快去找安妮吧！"小狗一高兴，好像嗅觉变得更灵敏了。它带着大家，很快就找到了安妮的病房。

病房的门半**掩**(yǎn)着，安妮躺在床上睡着了，她的爸爸妈妈守在床边，也都累得睡着了。"可怜的安妮。"玩具熊顺着床头的栏杆爬到了安妮的枕边，轻轻地抱了抱她。公主娃娃、小狗还有电动娃娃也都爬了上来，他们挨个抱了抱安妮，公主娃娃还轻轻地亲了一下她的额头。"一定要赶快好起来呀！"他们看着安妮，在心里默**默**(mò)地说。

"我们走吧，别吵醒她。"公主娃娃说。他们顺着栏杆滑到地上，然后悄悄地溜出了病房。大家跟着小狗，很顺利地找到了回家的路，可是走到窗户下边，大家才发现，小花伞不能带着他们飞回屋子里去。玩具们只好互相依靠着，躲在小花伞下休息。

## 爸爸故事时间

"我觉得舒服多了。"第二天早上,安妮愉(yú)快地对爸爸妈妈说,"我梦见我的玩具们都来医院看我了,我的公主娃娃还亲了我呢。""是吗?这真是一个愉快的梦。"妈妈摸摸安妮的额头,微笑着说。

病好了,爸爸妈妈带着安妮回家去了。"这不是我的小花伞吗?"快到家时,安妮一眼就认出了她的小花伞。"怎么你们都在这里?"拿起小花伞,安妮惊讶地看着躺在地上的玩具。玩具们全都累坏了,没有力气和安妮说话。安妮一只手拿着小花伞,一只手紧紧地把玩具们搂(lǒu)在怀里,她知道,昨天夜里的一切都不是梦。

张婷婷/文

### 爸爸悄悄话

安妮生病的时候,玩具们历经艰辛去看望她,安妮一定觉得幸福极了。你也有玩具朋友吗?如果有,也要好好爱它们哟!

# 是谁带来了香味

清晨，晶莹(jīng yíng)的露珠在草尖上滚来滚去，折(zhé)射出七彩的光芒。风兴冲冲地飞过去，想给露珠们一个大大的拥抱。可是还等不及风站稳脚跟，所有的露珠一下子都消失得无影无踪。小草们齐声抱怨道："是谁偷走了我们的珍珠项链？哦，这可真是倒霉的一天！"羞红了脸的风踮(diǎn)着脚尖悄悄地离开了草地。

春天的池塘，刚刚换上了绿色的新衣裳。鱼儿们在池塘里高兴地吐着泡泡，说着悄悄话。风兴冲冲地飞过去想喝口水、喘口气。可是还等不及风站稳脚跟，池塘的脸就拉得好长："是谁弄皱(zhòu)了我的新衣裳？哦，这可真是倒霉的一天！"鱼儿们也纷纷调转了方向："是谁打扰了我们的悄悄话？哦，这可真是倒霉的一天！"羞红了脸的风踮着脚尖悄悄地离开了池塘。

## 爸爸故事时间

阳光下，花丛中，蝴蝶和蜜蜂翩翩(piān)地跳着交谊舞。风兴冲冲地飞过去想加入到热闹的舞会。可是不等风站稳脚跟，蝴蝶和蜜蜂都一下子消失得无影无踪，花儿们不高兴地东瞅瞅、西看看："是谁破坏了我们的舞会？哦，这可真是倒霉的一天！"羞红了脸的风踮着脚尖悄悄地离开了花丛。

夕阳悄悄落下，晚霞映红了天空。流浪了一整天的风长叹一声："哦，这可真是倒霉的一天！"。凉意渐渐袭(xí)来，循(xún)着温暖的炉火，风蹑(niè)手蹑脚地溜进了一家饭店的厨房。

一位老厨师正在满头大汗地忙碌着。他已经太老了，虽然很努力，却怎么也做不出客人喜欢的饭菜。就在刚才，饭店老板通知他，从明天开始再也不用来上班了，他下岗了。老厨师边干活边叹气："哦，今天真是倒霉的一天！"

风看着和自己同样命运的老厨师,也跟着叹了口气。他轻轻地吹过厨房的锅碗瓢(piáo)盆,吹过热气腾腾的汤锅,吹过老厨师的面颊(jiá)。这时候,感到一丝清凉的老厨师开始卖力地搅着汤锅,努力地站好工作的最后一班岗。

汤被一碗碗地端到了客人面前。奇迹发生了,今晚的汤,如露珠般晶莹,如池水般清澈(chè),如鲜花般芳香。一向不受客人欢迎的汤,今晚却变得供不应求。饭店老板恳求老厨师留下来,老厨师简直不相信眼前发生的一切,他高兴地手舞足蹈:"哦,今天可真是幸运的一天!"

一整天都无精打采的风完全没有想到,他在露珠、池塘、花丛中的遭遇竟然意外地帮助了别人,也给自己带来了好心情。"哦,今天可真是幸运的一天!"风喃喃自语道。

田秀娟/文

老厨师的汤为什么变得美味无比了呢?原来里面有风的功劳呢。快乐不仅来自于分享,更来源于帮助别人。

# 会唱歌的小土块

  小土块的邻居是一只活泼的画眉鸟。每天早晨，小土块都会在画眉欢快的歌声中醒来。"多么美妙的歌声！"小土块总要闭着眼睛，支着下巴，细细地听上好一阵。

  美妙的歌声让小土块心里暖洋洋的，他会禁不住眉开眼笑，伸出手给圆圆的种子，还有长长的树根一个大大的拥抱。

  "早上好！"树根总是友善地微笑，而种子，总会躺在小土块的怀里撒**撒娇**(sā jiāo)。

  小土块还会在美妙的歌声中低下头，喝上几口新鲜的晨露。晨露甘甜又清凉，小土块喝了，心里快乐得像装满了蜜糖。

  有一天，小土块睁开眼睛，四周安静极了。"可怜的画眉，她病了！可是我只能为她扇扇风！"树叶儿轻轻地告诉小土块。

  小土块急坏了，它真希望自己能给生病的画眉送上一滴水，或是一条虫，可是，它什么也不能做。"我一定要想个办法帮帮可怜的小鸟！"小土块对自己说。

  小土块骨碌碌地滚进了老爷爷的土窑，它以前见过，老爷爷把许许多多的土

块变成了美丽的花瓶、干净的盘子、可爱的瓷娃娃、叮当响的风铃……

"老爷爷,请您把我变成一只会唱歌的鸟儿!"小土块瞄(miáo)了瞄熊熊燃烧的炉火,昂起头大声地说。

老爷爷把小土块捏成一只小鸟,放进了红红的火炉。在滚烫(gǔn tàng)的炉火中,小土块咬紧牙、挺起胸,直到身体慢慢变硬,成为一只硬实的小瓷鸟。

"嘀哩哩、嘀哩哩……"小瓷鸟美妙的歌声,像清晨闪亮的阳光,像夜里晶莹的露珠。生病的小画眉从窝里探出了头,"真好听!你的歌声让我想展翅飞翔!"

"嘀哩哩、嘀哩哩……"

"嘀哩哩、嘀哩哩……"

听,小画眉和小瓷鸟在一起开心地唱起了歌,美妙的歌声飘荡在空中,小画眉突然觉得,自己的病好了!

陈梦敏/文

**爸爸悄悄话**

小土块虽然经历了火烧的疼痛,可只要能给自己的朋友带来温暖,就是幸福的。小朋友,当朋友遇到困难的时候,你也会全心全意地去帮助他们吗?

# 弹玻璃球的老奶奶

有一个老奶奶特别喜欢玩弹(tán)玻璃球的游戏，好多小孩子都认识她。她赢了那么多、那么多的玻璃球，这些玻璃球都上哪里去了呢？原来这个老奶奶是一个魔法奶奶，住在郊外的大果园里。魔法奶奶每天都会把赢来的玻璃球丢在房间里，慢慢地，五颜六色的玻璃球堆满了屋子：衣柜里也是，窗台上也是，床上也是……

"老头子，你该帮我想想办法了，这么多的玻璃球可怎么办呀？"魔法奶奶对魔法爷爷说。"那你就把这些玻璃球送到天上去吧。"

"给天空当星星？好主意！"魔法奶奶笑道。

从那以后，魔法奶奶就有了新乐趣，她白天和孩子们玩弹玻璃球的游戏，晚上就飞到天上，把赢来的一颗颗玻璃球镶(xiāng)在夜空。

从那以后，夜空变得越来越明亮、越来越热闹。因为那些玻璃球变成的小星星，都带着孩子们的欢声笑语呢。

输掉玻璃球的小孩子们也不再沮丧，因为他们从魔法爷爷那里知道了自己的玻璃球变成了一颗颗会眨眼的小星星。

小家伙们经常抬头仰望夜空，辨认哪一颗星星是自己的玻璃球，叽叽喳喳(jī jī zhā zhā )，叽叽喳喳，好快乐呀！

窦晶/文

**爸爸悄悄话**

魔法奶奶把玻璃球变成了什么？小朋友，你失去过心爱的东西吗？你要相信，它们在另一个地方会变成了另一种美好事物的。

# 快乐小屋

灰兔奶奶的草房子被狂风一吹，暴雨一打，已经不成样子了，成了**危**(wēi)房。"住在这儿是不行了。"邻居大熊是一个热心人，他决定帮灰兔奶奶另建一间房子，"就建石头房子吧！石头房子**坚**(jiān)固。"大熊这样想着，就到河边去搬石头了。

"熊哥哥，你搬石头干什么呢？"在河岸边唱歌的小青蛙问道。"灰兔奶奶的草房子破了，我要给她造一间石头房子！"大熊说。"真好！我也来帮忙！"青蛙也来帮忙搬石头。

"青蛙姐姐，你搬石头干什么呢？"一只鸭子到河边去游泳，看到了搬石头的青蛙，问道。"灰兔奶奶的房子破了，大熊要给她建一间石头房子，我来帮忙。"青蛙说。"真好！我也来帮忙！"鸭子也加入了搬石头的行列。

"小鸭子，你搬石头干什么呢？"问话的是小麻雀。"大熊和青蛙要给灰兔奶奶建石头房子呢，我是来帮忙的。"鸭子说。"哦！建房子！石头我搬不动。我能帮忙做些什么呢？"麻雀站在一块石头上想呀想。

"麻雀,你在想什么呢?"是一只**蜘蛛**(zhī zhū)。"大熊、青蛙和鸭子要给灰兔奶奶建石头房子,我在想我能帮上什么忙。"麻雀说。"对呀!我能帮什么呢?"蜘蛛也一边织网一边想这个问题。

萤火虫看到蜘蛛织了一半的网,正在发呆,便问:"蜘蛛姐姐,你在想什么呢?""哦!看我走神了。我在想大熊、青蛙、鸭子要给灰兔奶奶建石头房子,我能帮上什么忙。"蜘蛛说。

"那我们去看看吧。"萤火虫提议。于是,蜘蛛和萤火虫来到了灰兔奶奶的家,大熊、青蛙、鸭子刚把石头房子造好,麻雀正忙着在房前房后种上花草……萤火虫想:那我就给石头房子装上灯吧。蜘蛛说:"我来织上窗帘!"

大熊、青蛙、鸭子、小麻雀、蜘蛛、萤火虫把石头房子弄得漂漂亮亮的,灰兔奶奶高高兴兴地住进了石头房子。大家都围着灰兔奶奶唱歌跳舞,灰兔奶奶笑呵**呵**(hē)地说:"这是一间快乐的小屋,我太喜欢了!"

陈丽虹/文

**爸爸悄悄话**

蜘蛛网窗帘、萤火虫的灯……哈哈,真是太奇妙了!这真是一座既热闹又快乐的石头小屋。小朋友,你是不是也想参观一下呢?

# 冬天里的小田鼠

冬天来了，风呼呼地刮着，卷着雪花到处乱跑。风停了，雪花也累了，躺在草丛里睡着了。可是，雪花越来越多，终于把草丛盖住了，白花花的一大片，分不清哪是哪儿了！

一只小田鼠**孤零零**(gū líng líng)地躺在洞里，被子虽然很暖和，身边也有许多好吃的花生，可是小田鼠却觉得很冷清，吃不香也睡不着。

小田鼠叹了一口气，伤心地对自己说："有谁能来陪我一下就好啦！"

"咦？这是谁的洞呀！"突然传来的声音把小田鼠吓了一大跳，它急忙爬出被窝，小心地朝洞口挪去。

"这好像是小田鼠的家呀！"声音大了起来，"小田鼠，是你吗？我是小野鸡呀！"

"小野鸡，"小田鼠马上高兴起来，"我想起来了，夏天的时候我和你见过面。"

"小田鼠，冬天来了，你过得还好吧？"小野鸡问。

小田鼠伤心地回答："天太冷了，我不敢出去，觉得……觉得很孤单！"

"哦,是这样呀!"小野鸡想了一下,又说,"小田鼠,你放心,我每天都会来到你的洞口,给你讲外面有趣的事情!""真的吗?这太好啦!"小田鼠十分高兴。

"真的,别看草丛(cóng)被大雪盖住了,可是我和小白兔、小松鼠一起捉迷藏、堆雪人、打雪仗,可好玩啦!"小野鸡高兴地说,"我们在玩捉迷藏,我一下子钻进雪地里,没想到就到了你的洞口!"

"我可真羡慕(mù)你们呀!"小田鼠也很高兴地说。

"你放心,我每天都会来告诉你外面发生的事情的!现在我得走了,不然小白兔和小松鼠找不到我,会很着急的,再见!"

"再见!小野鸡!"小田鼠说完转身慢慢地走回洞里,又躺进被窝,把一粒花生放在嘴里,一边慢慢地嚼(jiáo)着,一边想着自己在雪地上与小野鸡、小白兔和小松鼠一起玩耍时的情景。慢慢地,小田鼠睡着了……

李宏声/文

爸爸悄悄话

小野鸡的快乐也感染了小田鼠,虽然小田鼠无法抵御冬天的寒冷去外面玩耍,但是有了小野鸡的关爱,这个冬天一定是暖暖的。

# 毛毛虫火车

最近，蚂蚁们在谈论一列绿火车的消息。

"那列火车可高了，有三十只蚂蚁叠(dié)罗汉那么高！"蚂蚁豆豆说。

"那列火车可宽了！"蚂蚁谷谷说，"看起来，一节车厢可以坐一百只蚂蚁。"

"那列火车可长了！"蚂蚁米米说，"前看不到头，后看不到尾……"

听了大家的话，蚂蚁粒粒心动了，他一直梦想着当列车长哩！"要是开上那样一列火车，会多神气！"粒粒想，"可以运多少粮食啊！"他决定去找那列绿火车，并且把它开回来。

"你见过绿绿的火车吗？"粒粒问一只小瓢(piáo)虫。"看见过，"小瓢虫想了想说，"停在树叶上！"

粒粒爬到树叶上，没看到火车，他就问树叶上的小蜻蜓："你看见过绿绿的大火车吗？""看见过，"小蜻蜓说，"在花朵里。"

粒粒钻到花朵里，也没看到火车，他就问花朵里正忙着采蜜的小蜜蜂："你看见过绿绿的大火车吗？""看见过，"小蜜蜂

说，"在果子里。"

粒粒来到果子上,天哪,果子上真有一个大大的洞口,一列长长的绿火车正从果子里面开出来,看起来,这真是一列**巨型**(jù xíng)怪火车啊——圆鼓鼓的车身,一起一伏,浑身透着叶子香、花朵香、果子香……最奇妙的是,这列绿火车是全自动的,没有驾驶员,自个儿从果子里开到了树枝上。粒粒从车尾追到车头,大声喊:"绿火车,请停一停!"嘿,这一喊,火车还真停了下来。它瞧瞧粒粒,**嗡**(wēng)声嗡气地说:"你叫我绿火车?这个名字好怪呀!""绿……"粒粒**喘**(chuǎn)着气儿说,"你想换名字也行,不过,你得让我开!""好吧!"火车让粒粒坐到自己的触须上,"我叫毛毛虫火车,你说往哪儿开,我就往哪儿去!"

"啦啦啦……"粒粒一边唱着歌儿,一边指挥着毛毛虫火车往远处开,这火车太好玩了,只要跟它说方向,它自个儿就开得稳稳当当!一路上,粒粒把面包

## 爸爸故事时间

屑（xiè）、玉米渣（zhā）、蜂蜜粒……都搬上了车。啊，路边的小蚂蚁看到了，也一个个爬上了车，毛毛虫火车开心地把大家送回家，它对粒粒说："做火车真幸福呀，比做毛毛虫快乐多了！"

"原来，你是毛毛虫呀！"粒粒高兴地说，"我们更喜欢你当火车！"大家一起喊："谢谢毛毛虫火车！"毛毛虫乐呵呵地说："不用谢，下次我再来载（zǎi）你们！"

可刚过两天，毛毛虫火车就不见了。粒粒他们正想念它时，一只漂亮的蝴蝶飞来了："粒粒，你想不想试试开一架蝴蝶飞机呀？"

任小霞/文

## 爸爸悄悄话

小蚂蚁粒粒终于当上了列车长，而毛毛虫呢，也快乐地做起了小火车。可是后来，毛毛虫火车怎么不见了呢？

# 海上王国

在海的尽头有一个王国，它的城堡建立在高高的山上，国王夫妇和王子就在那里过着幸福的生活。

但是，没过多久，这一切都变了，国王夫妇在一次意外中丧生，痛苦的王子拒绝继承王位，把自己锁在城堡中封闭了内心，为了**唤**（huàn）回他的父母，王子甚至学会了巫术，一天天阴沉下去。王国的臣民希望王子快乐起来，争着为他表演节目，献上珍宝，然而王子只是冷冷地说句"无聊"，便把来人都变成了石头。渐渐地大家都不敢接近城堡了，整个国家也再没了欢笑，**笼罩**（lǒng zhào）在一团阴云中。

一天，一队冒险家乘船越过大海，来到了这个国家，那些快乐的人们对这里充满了好奇，一路唱唱跳跳，拉居民们开起了**宴**（yàn）会，居民们的冷漠渐渐被热情化解，表情也生动起来，和冒险家们一起狂欢。音乐和欢笑声越来越响，很快传上了高山，王子在冰冷的城堡中听到这些，大为恼怒，他命令卫兵把冒险家们统统带到他面前来。

**爸爸故事时间**

踏入阴森的城堡，随处可见被变成石像的人，冒险家们不由得打着**冷战**（lěng zhàn），但他们还是恭敬地问候了王子，并表示祝福。王子要求冒险家们让他自己也开心起来，如果做不到，他就要把他们变成石像。

冒险家们很有信心，他们中最**擅**（shàn）长表演的人，为王子献上一出喜剧。大臣和卫兵们拼命忍着笑，脸憋得通红，而王子的脸色**愈**（yù）发阴沉，他挥一挥手，演员们凝固成了谢幕的石像。"明天我希望看到更好的东西。"王子转身离去，冒险家们终于发觉了事情比他们想象的要糟糕。

第二天，冒险家中的商人拿出了各种新鲜的奇珍异宝，它们足以**俘**（fú）获每一个人的眼球。可王子连看都不看一眼，就把商人和那些珍宝变成了一大块石头雕塑。第三天，美丽的女船员跳起了优雅的舞蹈，脚步轻**盈**（yíng）。王子冷哼了一声，女船员也变成了一座灰白石像。第四天，第五天……冒险家们使出了浑身解数，却丝毫不能打动王子铁石般的心。

随着船员越来越少，冒险家们几乎失去了信心。第七天，船上德高望重的乐师终于作好了献给王子的曲子，冒险家们纷纷上前向他表示敬意，把希望寄托在乐师身上。乐师步伐沉重地踏进了城堡大厅。虽然乐师的曲子美得不像在人间，城堡中的动物和人类都被深深地感染了，王子却还是无动于衷（zhōng），甚至粗暴地打断了乐师的演奏。当他想把乐师变成石头时，一个纤细的身影挡在了前面。那是乐师的女儿，女孩美丽的眼睛含着热泪，请求自己代替父亲变成石像，她相信父亲会做出更好的曲子让王子重新找到快乐。也许是女孩如金子般闪光的长发太像王子过世的母亲，他犹豫（yóu yù）了一下，答应了女孩的请求，并允许她和父亲道别。

女孩谢过王子，开始唱着一曲离别的歌，她唱着阳光的温暖，故乡小镇的温馨，唱着对朋友、家人满满的爱，更唱着对美好感情的深深眷（juàn）恋。虽然没有伴奏，她的歌声却是那么婉（wǎn）转，满含着更多的希望和力量，王子听着听着，不禁肩头轻颤（chàn），接着忧郁的眼中慢慢汇聚了泪水，一颗颗流淌下来。当女孩的歌声停止，她惊讶地发现，那个冷酷的王子在座位里缩成一团，哭得像个孩子一般。

**爸爸故事时间**

当王子再抬起头，曾经的冷酷已烟消云散，眼光柔和，好像换了个人一般。原来当初王子的痛苦吸引来了恶魔，它附在王子身上，把他变成了强大冰冷的模样。而女孩的歌声竟把恶魔也打动了，它想起了它的家——那个深沉的魔**窟**（kū），犯了思乡病的恶魔离开了这个国家回去了。于是，魔咒被解除了，王子恢复了原样，那些石像们也都变回了人形。

王国的乌云终于都散开了，人人脸上**洋溢**（yáng yì）着幸福。王子对冒险家们表示深深的歉意和感谢，挽留他们住在这里，并娶了乐师的女儿为妻。王子终于继承了王位，和善良的王后一起，在高山的城堡上接受人民的祝福。

霍文智/文

**爸爸悄悄话**

快乐的海上王国因为王子的悲伤而变得不再快乐，后来为什么又恢复了欢声笑语了呢？如果你的朋友不快乐了，你是否会用爱心让他们快乐起来呢？

# 妈祖

妈祖是一位航海女神，一直以来都被我国福建、广东、台湾一带以及东南亚和海外华人所尊崇。关于这位女神，还有一个美丽的传说呢！

相传，妈祖姓林，住在我国**闽**（mǐn）南地区，家里共有兄弟姐妹五个，只有她一个女孩。按照当地的习惯，只有男人才能出海，女人只能呆在家里，所以，即使林姑娘水性很好，也只能呆在家里帮助妈妈干活。

一天，林家四兄弟出海捕鱼去了。忽然，海上起了百年不遇的大风暴，风将海浪**掀**（xiān）起足有几百尺高。村里的人都急坏了，十分担心海上的亲人，却一点儿办法都没有。起初，林姑娘和父母一起在家里等待风暴过去，可是风暴根本没有停下来的意思。

**爸爸故事时间**

过了一会儿,林姑娘忽然双眼紧闭,脸色苍白,不省人事。这可把林家两位老人吓坏了。儿子们没有消息,女儿又昏迷不醒,他们颤抖着双手,又推又**拽**(zhuài),费了好大的劲,终于把女儿弄醒了。两位老人长舒了一口气。林姑娘却满眼含泪,一言不发。过了一会,风暴就停了。

又过了几天,林家兄弟回来了,却唯独不见老四。三兄弟含泪向父母叙述了风暴当天的经历:猛烈的海风把他们的船刮到了大浪深处,巨大的海浪把他们的船掀翻了,他们都落入了水中。正在他们手足无措的时候,一个姑娘踏浪而来,如**履**(lǚ)平地,将三兄弟一个个救了上来,当她要救老四时,却忽然不见了。于是,老四被海浪吞没了。

　　林家两位老人这才知道女儿那天为什么晕倒，原来是去救哥哥了。如果没有把女儿叫醒，老四就不会死了。两位老人为此自责不已。

　　自此，林姑娘被允许驾船出海，往返于各个岛**屿**（yǔ），帮助那些需要帮助的人。多年来，林姑娘凭借自己的水性和**菩**（pú）萨心肠，搭救了不少渔民和过往商人的性命，当地的人都称她为神女、龙女、妈祖。后来，她升天做了神仙，仍然不忘保护渔船和过往商船的安全。人们为了感谢她，为她修建了"妈祖庙"。

　　即使到了现在，妈祖庙的香火还很旺呢！

**爸爸悄悄话**

　　妈祖只是一个普通的渔家女子，却有一颗善良的心，保护着所有航海人的安全。这样的人，世人将永远记住她。

# 鞋匠和精灵

从前有个老鞋匠（jiàng），家里穷得叮当响。直到有一天，他所剩下的皮革只够做一双鞋子了。"哎！除了尽力做好这最后一双鞋子，我是毫无办法了！"鞋匠哀（āi）叹完，就上床睡觉了。

天亮了，鞋匠走进他的作坊正准备做鞋，但是，你瞧！在他的工作台上，放着一双已经做好的鞋子。"天啦！这是怎么回事？"鞋匠很奇怪。就在这时，一位顾客走了进来。"啊，多么漂亮的鞋子！请让我把它买下吧。"顾客非常喜欢这双鞋子，便很快给鞋匠付完钱。这些钱足够鞋匠买两双鞋子的皮革。

到了晚上，鞋匠把买回来的皮革裁（cái）剪好，等第二天再做鞋。可是到了第二天早晨，他的工作台上又摆上了两双已经做好的鞋子，而且都是很漂亮的鞋。

　　一会儿，走进来几个顾客。同样，鞋子又卖了好价钱。这下，鞋匠可以买做四双鞋子的皮革了。和以前一样，第二天早晨他又发现鞋子已经做好了。这样过了一段时间，随着越来越多的鞋子做好后卖出去，鞋匠很快就富了起来。

　　一天晚上，鞋匠一边忙着裁剪皮革，一边对妻子说："我们整夜不睡，看看**究竟**（jiū jìng）是谁在帮我们做鞋吧？"他的妻子回答说："好啊，我也想找出是谁让我们生活得这么快乐呢！"于是他们在工作台上留下一盏灯亮着，悄悄地藏在一个角落里。半夜时分，几个小小的光着身子的小精灵出现了。他们**敏捷**（jié）地爬上工作台，拿起鞋匠裁剪好的皮革，开始干了起来。他们干得多么出色啊！只见他们用小手把皮革一块一块地缝好，然后用大木**锤**（chuí）轻轻地敲实。

## 爸爸故事时间

嗒(dā),嗒,嗒……他们头也不抬地干着,没多久便把所有的鞋子都做好了。鞋匠惊呆了,连一句话也说不出来。

第二天早上,鞋匠的妻子还在惊叹:"啊!这么说,是这些小精灵让我们生活得这么快乐。""嗯,我们应该感谢他们。作为回报,我们得为他们做点事情。""是啊!他们都光着身子。我不是可以给他们做一身暖和的衣服穿吗?""对啊!那我就给他们每人做一双小小的鞋子吧!"

于是,鞋匠夫妇开始为小精灵们忙碌(lù)起来。到了黄昏的时候,终于做好了。

那天晚上,鞋匠夫妇没有把裁剪好的皮革放在工作台上,而是把做好的小衣服、小鞋子放在上面。然后,他们又悄悄地躲了起来,看看会发生什么事。半夜里,小精灵们来了。

"让我们开始工作吧！"他们说。但是，当他们看清楚台上放着的东西的时候，甭（béng）提有多么惊喜了。"啊！正好合我们的身。"一眨眼的工夫，小精灵们穿好了衣服和鞋子，他们的眼睛里闪烁着喜悦的光芒。接着，他们开始唱起来："快来看看我，我是多么漂亮！我是一个英俊潇洒（xiāo sǎ）的帅小伙，没有比干制鞋的活更使我们快乐的了……"

他们神气活现地蹦着、舞着，跳过椅子，爬上碗橱（chú），度过了一段美好的时光。最后，小精灵们一边跳着舞，一边走出了大门，他们再也没有回来。但是，鞋匠仍像往常一样辛勤劳动。他们做的鞋子仍然十分好卖，因此他们再也不为钱而烦恼。从那时起，老俩口万事如意，直到离开人世。

爸爸悄悄话

当我们拥有一颗感恩的心，得到时不骄傲，失去时不惋惜，就能像鞋匠夫妇一样幸福地生活，不是吗？

# 国王和猎鹰

古代波斯有个国王,非常喜欢打猎。他养着一只猎鹰,打猎时总是带着。他还专门为猎鹰做了一个金碗,挂在猎鹰脖子上以方便饮水。

一天,国王去打猎,他手持猎鹰,率领大队人马浩浩荡荡就出发了。走呀,走呀,他们来到一个猎物常出没的山谷中,正好发现有一只羚羊出现。于是,大队人马慢慢向着猎物靠近,国王则骑马向羚(líng)羊追去,猎鹰也紧跟其后。他们很快追到羚羊,猎鹰像箭一样俯冲下去,一下啄瞎(zhuó xiā)了羚羊的双眼。就在羚羊倒地时,国王赶上去,抽出短棒制服了羚羊,群臣一阵欢呼。

他们满载猎物准备回去。天很热,大家都很渴,可是山谷里荒无人烟,也看不到河水。国王四处张望着,看附近有没有野果之类的东西。突然,他发现有油似的液汁从树上滴下来。国王很高兴,从鹰脖子上摘下金碗,伸手去接了一碗汁液,正准备喝,突然间,猎鹰一声长鸣,拍翅将碗打翻。

国王很诧（chà）异，他想也许猎鹰也渴了，于是再次拿起金碗去接了一满碗液汁，放在鹰前，不料猎鹰又一次用翅膀掀翻了。国王很生气，不知道这鸟到底怎么了，第三次他又拿金碗接满液汁，放在马前，猎鹰依旧振翅将碗弄翻。

国王很生气，他抽出宝剑，一下子将猎鹰的翅膀削了下来。猎鹰悲惨地鸣叫着抬头，意思是请国王往树上看。国王抬头一看，不禁大吃一惊，只见一条巨蟒（mǎng）盘绕在树上，吐着舌头，从树上滴下的不是水，而是蛇的毒汁！

国王挥剑杀死了巨蟒，这才明白猎鹰的用意，可是猎鹰已经不行了，不一会儿便死去了。国王十分懊悔，都怪自己草率（shuài），竟斩断了猎鹰的双翅，误杀了心爱的宠物，是猎鹰救了自己的命啊！

**爸爸悄悄话**

国王不查明原因就把猎鹰的翅膀斩断，以致最终错杀了救命的猎鹰。冲动和鲁莽是多么可怕啊，它让我们做出令自己后悔的决定。当我们遇到事情的时候，应该冷静地想一想。

# 寻找青春

从前,有个王子一出生就不停地啼(tí)哭,怎么哄都没用。国王不停地许愿,还是不管用。一个巫师告诉国王说,这个王子非常害怕变老,你要许诺给他永恒的青春才行。国王照着做了,王子果然不哭了。

王子长到了十五岁。一天他向国王提出要去寻找永恒(héng)的青春。国王开始不答应,但看到王子主意已定,只好同意,并让他挑选路上所需的一切。王子选来选去,最后就选了一匹瘦小的白马。王子骑上白马,把自己的打算告诉了它,白马长嘶(sī)两声,立即变成了一匹英姿焕(huàn)发的好马。

王子骑着白马来到了一片田野。白马说:"主人,这是啄木鸟的领土。她非常凶恶,喜欢啄人身上的肉,没有人能走出她的领地。但是,你不必害怕,你只要把国王留给你的金箭准备好就行了。"正说着,一阵风吹过,啄木鸟扇动着两只巨大的翅膀朝王子冲过来。

王子赶紧拉起弓,一箭射中了啄木鸟的翅膀。啄木鸟害怕了,忍痛飞走了。

他们又走啊走,到了母龙的领地。母龙是啄木鸟的妹妹,长着三个头,比姐姐更凶狠。王子在白马的帮助下用同样的方法使母龙屈(qū)服了。

最后,王子骑着白马来到了一片黑森林,森林里全是世界上最凶猛的野兽。马背上的王子猛的一提缰绳,想要飞越这片可怕的森林。不料,马蹄被一棵老藤(téng)绊住,王子一下子摔到地上,一群猛兽一拥而上。

正在这千钧一发之际,只听一声呵斥,野兽乖乖地退去了。一个少女走到他们面前。少女面容柔美,她深情地凝(níng)视着王子,说:"欢迎你,我的客人,你是谁?来这里干什么呀?

"我是美王子,我来寻找永恒的青春。"

"这里就是'青春常在,生命永存'的地方。"

于是,王子留了下来,并和少女结为夫妻。

**爸爸故事时间**

一天,王子去打猎时不知怎么走进了泪溪山谷,那是给人带来忧愁的山谷。王子突然思念起父母来了,眼泪像断了线的珠子,怎么都止不住。王子决定要回去见一下父母,任凭妻子怎样劝都无济(jì)于事。

于是,王子骑上白马辞别了妻子。到了母龙的领地时,王子猛然发现自己的胡须已经到了腰部;到了啄木鸟的领地时,王子发现自己的胡须已经到了膝下;到了宫殿,这里早已是一片废墟(xū)。据那里的人讲,老国王已经死了一百八十年。

王子找到了父亲的墓穴,在旁边发现了一个盒子。打开盒子,里面有一张纸条,上面写着:我的儿子,你终于回来了。

没多久,王子便倒在了自己的国土上,再也没有醒来。

**爸爸悄悄话**

生命需要青春的激情,更需要温暖的亲情和熟悉的乡情。得到了永恒青春的王子最终宁愿与自己的父亲和家乡的人民在一起,哪怕再也不能醒来。珍惜和亲人在一起的时光吧!做个爱家、爱家乡的人!

# 老鼠偷油

厨房里有一个装满了香油的长颈（jǐng）瓶。有一只老鼠把长尾巴伸进瓶里，再把沾满油的尾巴拖出来，然后就吃起来。每次吃饱后，它都会夸奖自己的尾巴。

猫发现了鼠洞，就日夜守在洞旁边。做坏事的家伙，胆子总是越来越大。一天，老鼠拖着沾满了油的尾巴想回洞去，给自己的小老鼠们也饱餐（cān）一顿。刚要进洞，守候多时的猫便猛扑上去。

老鼠赶快逃进洞里，但是，那尾巴沾的油太多太重了，一时缩不进去，猫一下子抓住了它的尾巴，连它及整个身子都给拖了出来。当它快要被猫咬死的时候，就咒（zhòu）骂起自己的尾巴来："多讨厌的尾巴啊！没有你，我决不会送命。"猫说："当它对你有利的时候，你就夸奖它；当它对你有害的时候，你就咒骂它。你根本不想想，偷油是做坏事，你的命就送在偷油上啦！"

明明是老鼠自己偷油惹的祸，却要怨恨尾巴。生活中也会有人自己犯了错误，却去埋怨别人。这样的人只会像这只老鼠一样给自己带来更大的灾难。

# 青蛙王子

曾经有一位国王,他有好几个女儿,个个都长得非常美丽,尤其是他的小女儿,更是美若天仙,就连见多识广的太阳,每次照在她脸上时,都对她的美丽惊诧(chà)不已。

国王的宫殿附近,有一片幽暗的大森林。在这片森林中的一棵老椴(duàn)树下,有一个水潭(tán),水潭很深。天热的时候,小公主常常来到这片森林,坐在清凉的水潭边上。当她感到无聊的时候,就取出一只金球,把金球抛向空中,然后再用手接住。这成了她最喜爱的游戏。

但有一次,小公主伸出两只小手去接金球,金球却没有落进她的手里,而是掉到了水潭里。小公主两眼紧紧地盯着金球,可是金球忽然就没影儿了。因为水潭里的水很深,看不见底,小公主就哭了起来。哭着哭着,小公主突然听见有人大声说:"哎呀,公主,您这是怎么啦?"听了这话,小公主四处张望,不料却发现一只青蛙。只见他从水里伸出他那丑陋(lòu)的肥嘟(dū)嘟的大脑袋。

"啊！原来是你呀，游泳健将（jiàn jiàng），"小公主对青蛙说道，"我在这儿哭，是因为我的金球掉进水潭里去了。"

"好啦，别哭了，"青蛙回答说，"我有办法帮助您。要是我帮您把您的金球捞出来，您拿什么东西来回报我呢？"

"亲爱的青蛙，你要什么东西都成。"小公主回答说，"我的衣服、我的珍珠和宝石、甚至我头上戴着的这顶金冠，都可以给你。"

听了这话，青蛙对小公主说："这些我都不想要。不过，要是您喜欢我，让我做您的好朋友的话，我就潜（qián）到水潭里去，把您的金球捞出来。"

"好的，太好了！"小公主说，"只要你愿意把我的金球捞出来，你的一切要求我都答应。"小公主虽然嘴上这么说，心里却想："这只青蛙可真够傻的！他只配蹲在水潭里，和其他青蛙一起呱呱叫，怎么可能做人的好朋友呢？"

## 爸爸故事时间

青蛙得到了小公主的许诺（nuò）之后，就潜入了水潭。过了不大一会儿，青蛙嘴里衔（xián）着金球，浮出了水面，然后把金球吐在草地上。小公主又见到了自己心爱的玩具，心里别提有多高兴了。她把金球捡了起来，撒（sā）腿就跑。

"别跑！别跑！"青蛙大声叫道，"带上我呀！我可跑不了您那么快。"

尽管青蛙拼命叫喊，可是没有一点儿用。小公主很快跑回了家，并且把青蛙忘得一干二净。

第二天，小公主跟国王和大臣们刚刚坐上餐桌，却突然听见啪啦啪啦的声音，然后便是一阵叫喊："小公主，快开门！"听到喊声，小公主急忙跑到门口，想看看是谁在喊叫。打开门一看，原来是那只青蛙。小公主一见是青蛙，赶紧把门关上，心里害怕极了。国王就问她："孩子，你怎么了？该不是门外有个巨人要把你抓走吧？"

"啊，不是的，"小公主回答说，"不是什么巨人，而是一只讨厌的青蛙。"

"青蛙想找你做什么呢？"

于是,小公主把昨天的事说了一遍,正说着话的时候,又听见了外面响亮的叫门声。

国王听了之后对小公主说:"你决不能言而无信,快去开门让他进来。"小公主只好走过去把门打开,青蛙蹦蹦跳跳地进

了门,然后跟着小公主来到座位前,接着大声叫道:"把我抱到你身旁呀!"

小公主听了吓得直发抖,国王却**吩咐**(fēn fù)她照青蛙说的去做。青蛙被放在了椅子上,可心里不太高兴,他想到桌子上去。上了桌子之后又说:"把您的小金**碟**(dié)子推过来一点儿好吗?这样我们就可以一块儿吃啦。"很显然,小公主很不情愿这么做,可她还是把金碟子推了过去。青蛙吃得**津**(jīn)津有味,可小公主却一点儿胃口都没有。终于,青蛙开口说:"我已经吃饱了。现在我有点累了,请把我抱到您的卧室去,铺好您的**缎**(duàn)子被**褥**(rù),让我休息吧。"

小公主害怕这只冷冰冰的青蛙,连碰都不敢碰一下。一听说他要在自己整洁漂亮的小床上睡觉,就哭了起来。

**爸爸故事时间**

国王见小公主这个样子,就生气地对她说:"在我们困难的时候帮助过我们的人,不论他是谁,都应当受到尊重。"

于是,小公主用两只纤(xiān)秀的手指把青蛙夹(jiā)起来,带着他上了楼,把他放在卧室的一个角落里。可是她刚刚在床上躺下,青蛙就爬到床边对她说:"我累了,我也想在床上睡觉。请把我抱上来,要不然我就告诉您父亲。"

一听这话,小公主很生气,一把抓起青蛙,朝墙上使劲儿摔去。谁知青蛙一落地,却一下子变成了一位满面笑容的王子。直到这时候,王子才告诉小公主,原来他被一个巫(wū)婆施了魔法,除了小公主以外,谁也不能把他从水潭里解救出来。小公主又惊又喜,后来她终于承认了自己的错误,和青蛙成了最好的朋友。从此以后,他们天天在一起玩耍,过得可开心了。

**爸爸悄悄话**

每个人都是平等的,不仅人是如此,动物也一样。这个故事告诉我们要言而有信,同时要尊重一切生命哟。

# 许愿的王子

从前有个王后,没有孩子。每天早上她都要到花园里去**祈祷**(qí dǎo),希望上天**赐**(cì)给她一个孩子。后来一个天使对她说:"放心吧,你会有个儿子,而且他有神奇的能力,世界上任何东西,只要他想要就可以得到。"不久,王后果真生了个儿子。

一天,小王子躺在母亲怀里,王后打着**盹**(dǔn)。有个老厨师走了过来,他知道这孩子将来会有神奇的能力,就把他偷走,藏到一个秘密的地方了。然后他又杀了只鸡,将鸡血滴在王后的围裙和衣服上。接着他来到国王面前指责王后不该大意,让孩子被野兽吃了。国王看到王后身上的血迹就信以为真,便命人修建了一座很高的塔楼,将王后关了起来。两个天使发现后,便变成两只白鸽,每天送两次食物给王后吃。

王子长大后,厨师对王子说:"你希望自己有一座宫殿吧。"王子话音刚落,一切便已经在他眼前了。

## 爸爸故事时间

过了一会儿,厨师又对他说:"你一个人孤孤单单的不好,要个漂亮姑娘给你作伴吧。"王子刚说要位姑娘,一位美丽的姑娘就已经站在他面前了。他们俩人一起做游戏,全心全意地爱着对方。厨师则像个贵族那样出门打**猎**(liè)去了。他突然想起没准有一天王子会希望和父亲生活在一起,那他岂不是要暴露了!于是他回来,抓住了姑娘说:"今晚等这孩子睡着了,你就把剑插进他胸口,把他的舌头和心脏取出来给我。要不然我就要你的命!"

姑娘可不愿这么做。等他走以后,她便抓来一头**鹿**(lù)杀了,取出心脏和舌头放在盘子里。当她看到厨师走过来时,赶紧对王子说:"快躺下,用衣服**蒙**(méng)住自己。"那坏蛋进门就问:"王子的心和舌头呢?"姑娘端着盘子递给老厨师,可王子一把掀开被子,说:"你为什么要杀我?我要将你变成一只黑卷毛狗。"刚说完,老头就变成了一只黑狗。

　　王子突然想起了母亲，不知道她是不是还活着。这时，他脑海里就出现了母亲的样子。他对姑娘说要去见自己的母亲，并希望她一同去。但姑娘似乎有些担忧，可王子又不愿意就此分手，于是就把她变成一**株**（zhū）美丽的石竹花带着。接着，王子出发了，那只黑狗只好跟在后面跑。王子来到**囚**（qiú）禁母亲的那座塔楼，希望能有架长梯让他爬到顶上去，梯子就真的出现了。他爬到顶上朝下喊："妈妈，您还活着吗？"王后回答说："儿啊，我还活着。"王后将厨师的坏事都告诉了王子。

　　王子爬下塔楼去见父亲。他让人通报说自己是个猎人，问国王是否需要他做什么。国王说只要他精通**狩**（shòu）猎就行。他果然帮助国王捕获了很多猎物。国王十分高兴，便让大家和他一起共享猎物。等人都到齐了，猎人就想到了最亲爱的母亲。他希望国王身边的近臣能提起她，问一问塔楼里的王后是否仍然活着之类的话题。

**爸爸故事时间**

这念头刚出现,就听到礼仪官说:"陛下,不知塔楼里的王后怎么样了?"可是国王说:"别提起她!谁叫她让野兽吃了我的儿子!"猎人站起来说:"父王,我就是您的儿子。"随后,他便讲述(shù)了事情的经过,并把那只黑狗牵上前来,并将它恢复了本来的面目。狗立刻恢复到厨师原来的样子:穿着白围裙,手里拿着餐刀。国王一看到厨师,十分痛恨,立刻下令将他关进最深的地牢里去了。猎人又说:"父王,我被一位善良的姑娘救下。厨师曾要求她杀死我,可她没有杀我。"国王说:"我愿意见她。"儿子便从口袋里掏出一枝漂亮的石竹花。国王从来没见过比这更漂亮的花呢。儿子说:"现在让她恢复原形吧。"于是鲜花马上变成了一个美貌的姑娘。

国王派了两个女侍(shì)和两个男侍去塔楼将王后接到了宴(yàn)席厅。他的儿子便和这美丽的姑娘结了婚,过上了幸福的生活。

**爸爸悄悄话**

王子虽然有神奇的能力,却没有滥用它,而是对生活有着美好的追求,最终与父王和母后以及心爱的姑娘幸福地生活在一起。只要你热爱生活,勇敢地追求美好,生活必将呈现它最美丽的一面给你!